夢のまた夢

―小説　豊国廟考―

豊島昭彦

目次

プロローグ

疑問

そう言えば、太閤・秀吉の墓はどこにあるのだろうか？

ある日、ふと頭をよぎった私の疑問である。

漠然とだが、「豊国廟《ほうこくびょう》」という言葉が頭をかすめた。確か、秀吉の墓のことを豊国廟と言ったはずだ。京都の豊国《とよくに》神社の近くでそんな名の石碑を見かけた気がする……。

この物語は、この時の私の何気ない疑問から始まった。


不思議だと思った。

豊臣秀吉は、日本で最も有名な歴史上の人物であると言っても過言ではない。尾張の貧しい百姓から身を起こし、機知と才覚とで天下人にまで上りつめた人物だ。人々が羨む出世頭であり、憧れの象徴でもある。

太閤さんにあやかりたい。誰もが羨望する庶民の希望の星が、太閤・豊臣秀吉であった。

そんな秀吉であるから、墓も有名であって不思議はない。

ところが、いろいろな史料を読んでも、秀吉の墓に関してはあまり積極的な記述がない。

私が単に無知なだけだろうか？最初はそう思った。しかしいろいろと考え調べていくうちに、背後に作為的な何ものかが存在しているように思われてならなくなった。そのことは、この物語の中で次第に明らかになっていくことだろう。

それにしても、これはとても不思議なことだと思った。

その後さらに調べていくと、慶長3年（1598）8月18日に秀吉が伏見城で逝去した後、故人の遺志により遺体は速やかに、現在の豊国神社の裏手にある阿弥陀ヶ峰（196m）の中腹に埋葬されたことがわかってきた。

いったい誰がそんなに急いで秀吉の遺体を阿弥陀ヶ峰に葬ったのか？　秀吉はなぜ自分の墓を阿弥陀ヶ峰に造ることを遺言したのか？

気になり出したら放っておけないのが私の性格である。私はパソコンで阿弥陀ヶ峰の場所を探した。

地図によると、京都駅の東方、七条通が東大路通にぶつかる「東山七条」の交差点をさらに東に、ちょうど京都女子大学のキャンパスをかすめるようにして真っ直ぐに山へと登っていく一筋の道があった。

この道に違いあるまい。

私は、即座に京都行きを決めた。

何気ない気持ちで、ただ行ってみたいと思っただけだった。天下人となった秀吉の墓がどんなものなのかを自分の目で見てみたい。そんな純粋な好奇心から、私は阿弥陀ヶ峰を目指したのであった。

後から思えば、秀吉の霊が私を呼んでいたと思えないこともない。なぜ私なのだろうか？どうして今なのか？　いろいろと疑問は残る。しかし今は焦らずに、一つずつ物語を先に進めていくこととしたい。

豊国廟

平成10年（1998）3月8日の早朝、私は東山七条の交差点から東に真っ直ぐに伸びていく広い道を歩き始めた。坂の登り鼻に「豊國廟參道」と彫られた巨大な石柱が建てられていたので、どうやらこの道で間違いないだろう。

なだらかな上り坂ではあるのだが、だらだらと続いていく坂道を歩き続けるのは意外とつらい。しかもその勾配が少しずつだが次第にきつくなっていく。

日曜日の早朝だからだろうか？　それとも、普段からこうなのか？　広々とした道なのに、歩いている人の姿がほとんど見られない。

すぐ下の三十三間堂までは、早朝にも拘らずかなりの数の観光客が闊歩していたから、やはり時間や曜日の関係ではない気がする。私は少しだけ、嫌な予感がした。

この先にどんな道が続いているのだろうか？

天下人である秀吉の墓を訪ねていくということで、少しナーバスになっていたのかもしれない。緊張感が私の胸を圧迫する。

女子大の建物を左手に見ながら通り過ぎると、前方に三十段あまりの石段と、その石段を登りきったところに建つ石造の鳥居とが見えてきた。鳥居の向こう側に見える山が、阿弥陀ヶ峰なのだろう。さすがに秀吉が遺言で指定した山だけあって、堂々とした山容を見せる美しい山である。

山の中腹にと書かれていたけれど、秀吉の墓はどの辺りに建てられているのだろうか？興味が半分と不安が半分同居する。

石段を登りきると、そこは相当な広さを持った平坦な広場だった。左手に神社の付属物らしい木造の建物が建ち、正面には拝殿なのだろう、がらんとした建造物が見える。鳥居から拝殿までの間は端正に四角い敷石が敷きつめられている。

豊国神社はかつて阿弥陀ヶ峰の麓にあり、秀吉は神社の裏手の山中に葬られたとされているから、これは私の想像だが、この広々とした空き地が元の豊国神社があった場所なのではないだろうかと思った。

それにしても、誰もいない。

周囲は文字通り閑散としていて、秀吉の墓に詣でようという人など一人も見当たらない。

この荒涼感、寂寥感はいったい何なのだろうか？

けっして荒れ果てているのではない。拝殿の向こう側には、立派に整備された広い道幅の石段が山の上方へと真っ直ぐに伸びていて、この上に秀吉が眠っていることを訪れる人たちに無言のうちに伝えている。

人工的な力でよく整備されている広々とした空間に、誰もいないのである。

意外だった。

ここは本当に京都なのだろうか？ 私は、歴史の異次元空間に迷い込んでしまったような不安を感じた。京都駅からもそれほど遠くない、と言うか、三十三間堂や国立博物館からすぐ近くの場所に、こんな不思議な空間が存在していることに、鳥肌が立った。

本当に静かで、無気味なほど森閑としていて、厳かで、陰気で、私はこの堪らない雰囲気を振り払うように、目の前の長い石段を登るべく一歩を踏み出した。

拝殿の入口に小さな缶が設置されている。秀吉の廟に詣でる者は、登拝料としてこの缶の中に50円を入れるようにと書かれた木札が立てられていた。天下人の墓にしては、50円とは随分安いものだと思った。

その木札の末尾に「豊国神社社務所」とあったから、豊国廟は今でも豊国神社が管理している場所であることを窺い知ることができた。

ここからは、本格的に秀吉の廟域である。

見上げると、目も眩みそうな石段がひたすら真っ直ぐに、延々と続いているのが見渡せる。手すりも何もない石段を、私は一歩ずつ石の確かさを踏みしめるようにして登り始めた。

左右には木々が鬱蒼と茂り、静寂だけが周囲を支配する。かなりの道幅を擁する石段の真ん中を、私はゆっくりと登っていった。細長く形が整えられた石が規則正しく積まれた石段は、重厚で威厳に満ちている。

それは、膨大な労働力を駆使した気の遠くなるような積み重ねの作業であったことを物語っている。

これほどの立派な石段を私は他に見たことがない。

それにしても、先が見通せない石段を登っていくことほど不安なことはない。どこまで行けば、秀吉の墓は見えてくるのか？　次第に速く激しくなっていく心臓の鼓動を感じながら、苦しい息で私はひたすら階段を登り続けた。

手すりのない石段を登っていくことは恐ろしい。バランスを失えば真っ逆さまに石段を転げ落ちてしまうこと必定だからだ。従って、振り返ることも周囲を見回すこともできずに、私はただ足元だけを見つめて、いつ果てるともわからない石段を登り続けていった。

3月上旬の風はまだ冷たくて、登り始めた時には露出している顔や手が痛く感じられるくらいだったのに、いつの間にか額から汗が流れ落ちてくるのを感じた。その汗を拭う余裕もないままに、私は休むことなく上を目指して登っていった。

やがて上方に、何やら石段ではない光景が少しずつ見えてきた。

やっと秀吉の墓に辿り着くことができたか。安堵の思いを抱きながら石段を登りきった私は、呆然とした思いで目の前に拡がる広場の先にさらに続いていく石段を眺めた。

この長い石段を登れば秀吉の墓があるだろうと、期待感もあってかそう思い込んでいた私の思いは見事に打ち砕かれ、さらに上方へと続いている石段を登っていかなければならない事実を、私は現実のものとして理解せざるを得なかった。

しかし私は、休まずに石段を登り続けるという緊張感と肉体的苦痛とから一時的にだが開放されて、束の間の休憩に安堵していた。

よくよく見てみると、目の前には相応のスペースが拡がり、その広場の一番奥側に門が建てられていることがわかる。その門までの間は、やはり整然と敷石が敷かれている。そこには、寸分の狂いもない綿密な設計が施されていることを窺い知ることができる。

遠くから見ると小さな門に思えたけれど、近づくと切妻屋根に唐破風を擁した全面銅板葺きの門で、重厚な造りであることが理解された。門の両脇には白壁の塀が左右に伸びていて、扉には立体的な五七桐の紋が嵌め込まれている。

この門は、いったい何のための門なのであろうか?

そして、秀吉の墓はいったいどこまで登れば姿を現してくれるのだろうか?

私は、思い描いていたものとは異なる展開に戸惑いながらも、意を決し再び上を目指して階段を登り始めた。

ここから先は勾配が一段ときつくなり、石段の幅も奥行きもコンパクトなものになっている。一歩間違えば転落する危険が高まっていることを意識しながら、私は慎重に一歩ずつ、石段を登っていった。

どれくらいの時間が経過しただろうか? 石段の上部に得体の知れない灰色の物体が頭を覗かせた。

今度こそ、秀吉の墓に違いない。

その時すでに息も絶え絶えだった私であったが、秀吉の墓らしいものを見て思わず息を吹き返した。残りの数十段の石段をほとんど走るようにして駆け登った私は、ついに秀吉の墓をこの目で見たのだ。

それは、想像していたよりも遥かに大きな石造りの五輪塔だった。

10mはあるだろうか。

私はまず、そのあまりの大きさに思わず圧倒された。さすがは天下人となった秀吉の墓である。庶民の墓とはスケールが違った。

一段高く設《しつら》えられた壇の四囲に堅固な石の冊を巡らして囲い、内部にさらに石の基壇を設けた二重構造となったその上に、大きな五輪塔が置かれていた。

何もない山の頂上に巨大な五輪塔のみがドシリと置かれている様は威圧的であり、圧迫感を感じさせる。

長い石段を登り終え五輪塔の前に立ち尽くしていた私は、全身から汗が迸《ほとばし》り出てくるのを如何ともしがたかった。

汗はやがて冷えて我が身体から熱を奪い去るだろう。その際の何とも言えない不快な感覚を思い浮かべて、私はぞっとした。

振り返って我が来し方を眺めれば、眼下に無味な灰色の石段が果てしなく続いているのが見える。遥か下方に小さく見えるのが、先ほど潜ってきた銅板葺きの門だ。

かなりの高さの山の頂上であるのに、生い茂る木々が遮っていて、期待していたような眺望はほとんど望めなかった。

木々がなければ、石段の延長線上の方向にはしっとりと落ち着いた風情の京都の街並みが望まれ、そのさらに先に京都タワーや西本願寺の大屋根が見えるはずである。ところが、木々の間から僅かに覗ける空間から見えるものは、ただ空ばかりなのだ。

こんな殺風景で寂寥感漂う山の頂で、一人秀吉は永遠《とわ》の眠りについているのかと思うと、いたたまれない思いが込み上げてきた。

秀吉の人生とは何だったのであろうか？　人も羨む立身出世は、どんな幸せを秀吉にもたらしたのだろうか？

夫婦相和して仲良く並んでいる墓をよく目にするけれど、あるいは一つ墓に夫婦ともに入るというのが私たち庶民の墓の普通の形態であるのに、天下人である秀吉は山頂に一人で眠っている。

たった一人の墓としては巨大過ぎる五輪塔のその大きさが、秀吉の孤独感を増幅しているようにも思えてしまう。

私は初め、秀吉の墓のあまりの巨大さに気圧《けお》されて、その場から一歩も動くこと能わなかった。しかしやがてその畏怖の念は、秀吉が感じているであろう寂寥感へと変わっていった。

人の一生とは何か。人の幸せとは何なのか。

そう思い始めたら、私の心の中での秀吉像がみるみるうちに縮小していき、私と何ら変わることのない等身大の秀吉像へと姿を変えていった。

割りきれない思いを胸に抱きながら、私は石の柵の周囲を巡り歩いてみた。

異なった角度から眺めることにより、秀吉の五輪塔の表情が少しずつ変わって見える。

しかしどの角度から見上げてみても、石の持つ冷たさと陰気な無機質感ばかりが先に立ち、
私にはさまざまな表情をした悲しげな姿にしか思えなかった。

ちょうど墓の裏側辺りにまで至った時、人の立ち入りを頑なに拒もうとしているかに見えた石柵の一隅に綻びがあるのを発見した。

長い歳月の間雨風に晒され酷暑や極寒の気候に苛まれてきた石の柱のうちの1本が、ついに耐えきれずして崩れ落ちたものであろうか。

しばらく躊躇した後に私は、意を決してその柵の内側へと一歩を踏み出した。

そこには、何人も踏み越えてはならない一線が存在している。

秀吉の生と死の尊厳を護るために引かれた結界である。その中に、私は足を踏み入れてしまったのだ。

もう、元へは戻れない。

先ほど萎《しぼ》みかけた秀吉像が、再び私の中で急速に膨張し始める。

秀吉の五輪塔は、柵の外から眺めるよりも、間近で見上げた方が数段に迫力があった。

石の塊《かたまり》が壁のようになって我が眼前に立ちはだかっているかのようである。

誰かに誰何《すいか》されはしないかと内心びくびくした思いを胸に抱きながら、私は秀吉の墓にそっと手を伸ばし、そして直接に触れてみた。

それは、ぞっとするほどの冷たさだった。

氷に触れているよりもまだ冷たい感覚、とでも言えばいいだろうか？ 私の身体全身に電気のようなショックが走った。

この瞬間、私の肉体と秀吉の霊とが一つにつながったように思えた。秀吉の墓に触れたことにより、電流が流れるように、秀吉の墓から私の身体の中に何ものかが注入されたような感覚である。

と同時に、何かが違う。

私は言葉に言い表すことのできない不思議な違和感を感じた。

この奇妙な感覚は、いったい何なのだろうか？ 不可解な感触と思いとを胸に、私はそそくさと秀吉の霊の結界から離れた。

と同時に、極度の圧迫感から解放されて、身体中の力が抜けていくのを感じた。

冷静な気持ちに立ち戻って思ったことは、この巨大な石の塊を人々はどのようにしてこの２００ｍ近い山の頂に持ち上げたのだろうかという素朴な疑問だった。

人間が自力で持ち上げられるような大きさでも重さでもない。しかも５００段を超える石段の上にある山の頂上に、こんな巨大な石をいくつも運び上げることは、私の拙い知力では不可能なことにしか思えなかった。

さらに続いて私の頭をかすめたのは、秀吉の遺体は阿弥陀ヶ峰の中腹に葬られたのではなかったのか？という疑問だった。

石段を登りきることに気持ちが集中していて気づかなかったが、また山頂では目にした秀吉の墓の大きさに気圧されてすっかり忘れていたのだが、秀吉は阿弥陀ヶ峰の中腹に葬られたはずだった。

ところが今私がいる場所は、どう考えてみても山の頂上である。

この矛盾をどう理解すればいいのだろうか？私の頭は混乱した。

釈然としない思いを抱きながらも、私にはその疑問に対する答えを導き出す術がなかった。もしかしたら、秀吉の墓とはこれから長いつき合いになるかもしれない。漠然とだがふと思ったその思いが現実のものとなろうとは、この時の私にはまだ知る由もない。

もはやこれ以上この不可思議な空間に留まることに、私は耐えられなかった。

再び秀吉の五輪塔の正面に立った私は、深々と頭《こうべ》を垂れ、そして手を合わせた。

しばらくの瞑想の後、踵を返して階段を降りようと一歩を踏み出そうとした、まさにその時だった。

背後で何やら気配がしたような気がした。

後ろから引き留められるような何ものかの力を感じ、私は再び、秀吉の墓と対峙した。

そしてその瞬間に、直感した。

ここに秀吉はいない。

巨大な五輪塔の下に秀吉の遺体はない。私の直感は、次第に確信へと変わっていった。

では、本当の秀吉の遺体はどこに葬られているのだろうか?

混乱する頭の中で、私は必死に思いを巡らせた。

今は、わからない。わからないけれど、いつかわかる時が来るのではないか。まさかこの時が、秀吉を訪ねる私の長い物語の始まりになろうとは、思いもしないことだった。

文禄2年

捨松

秀吉に不可解な言動が目立つようになってきたのは、天正19年（1591）、秀次に関白の座を譲り渡し自らを太閤と称する身分となってからのことであろうか。

その一つが、朝鮮への出兵である。

側近中の側近である石田三成でさえ、内心そう思ったくらいである。戦国の世が平定されやっと日本の国に秩序が整い始めたと思っていた矢先に、今度は海を渡って朝鮮に攻め込むという。

「殿は気でも狂われたか？」

民の心を殿はいったい何と思召されているのだろうか？ 命に従い出兵しなければならない武将たちの思いをどのように受け止めればいいのか？

しかし能吏である三成はそんな心の波紋を少しも表情には表さずに、淡々と秀吉の命を実行に移していった。

最初の頃の勢いはともかく、厳しい寒さと補給線を断たれ食糧不足による飢えに悩まされながら生死の境を彷徨《さまよ》う辛酸を舐めさせられた大名たちにとって、秀吉や三成への恨みが募った。

前関白であった豊臣秀次を死に追いやったことも、その妻子や側室・侍女など39人もの関係者を京の三条河原で惨殺した事件とともども、晩年の秀吉が行った蛮行の一つとして人々の記憶に残される悲惨な出来事であった。

秀次の関白就任から僅かに４年後の惨事である。

その際に秀吉は、あれほど民の労働力を酷使し世の中の贅を極めて建造した御殿である聚楽第を、いとも簡単に破壊してしまった。

天下人となった人間の心の驕りであろうか。あるいは単なる気まぐれなのか。人の命や労苦を著しく軽んじる傾向がこの頃以降の秀吉には顕著に見られるようになる。

一方で、文禄2年（１５９３）に嫡子捨松（後の秀頼）が誕生し、秀吉は子煩悩な父親としての一面を覗かせる。57歳にして得た待望の嫡男である。

秀吉は、誰憚《はばか》ることなく、捨松を溺愛した。

捨松が誕生して以来の秀吉の願いは、いたいけないこの子を間違いなく豊臣家の後継ぎとして盛り立てていくための道筋を作ること、その一点に集約されていった。

「そのためには、わしは長生きをせねばならんのう。」

秀吉は真顔で、捨松の顔を覗き込みながら、我が子を抱く淀殿に語りかけた。

「もちろんでございます。殿は末永くご健勝であられて、この捨松が立派に成人して御家を継がれるまで、豊臣家を支えていただかなければなりません。」

「あぁ、もちろんのことじゃ。この子の行く末をしかと見届けねば、わしは死んでも死にきれんわ。」

歳を取ってから生まれた我が子は、とりわけ愛おしい。ましてや、大事な豊臣家を託することになる長子である。この子のためにも、豊臣家が将来に亘って盤石となるような仕組みを作らなければならない。

策士である秀吉の頭脳がめまぐるしく回転した。


しかしわしには、あまりにも時間がない。気持ちの上ではまだまだやれる自信はあるものの、57歳という年齢はけっして楽観が許される年齢とは言えない。

これまでの輝かしい自分の人生の中で、狙った獲物は何一つ逃すことなく我がものとしてきた。貧しい百姓から身を起こし、とんとん拍子で天下までをも我が手中に収めてきた。

そんなわしでも、どうにもならないことがただ一つだけあった。

それは、子宝だ。

けっして女子《おなご》に事欠いたわけではない。いやむしろ、自分ほど美しい女子を数多《あまた》抱いた男はこの世にいないだろう。このわしを両親（浅井長政とお市の方）の仇として嫌悪しておったあの淀でさえ、ついには我がものにしたではないか。

なのに子宝だけは、わしの力をもってしてもどうすることもできなんだ。我が人生において唯一の瑕疵があるとすれば、この歳になるまで嫡子を作ることができなんだ、そのことだけだ。

正確に言えば、嫡子はできた。できたものの、夭折してしまった不運があった。しかし抱いた女子の数に比べれば、生まれた子供の数があまりにも少な過ぎた。わしは生殖能力が弱かったということなのだろうか？

やっと待望の捨松が生まれたものの、遅過ぎた事実は否めない。

せめてあと10年早く生まれていたら、わしは如何様《いかよう》にしてでも捨松を豊臣家の世継ぎとして盤石な存在へと仕立て上げていくことができたであろう。

そんなことは造作もない。政《まつりごと》の中心に捨松を据え、すべてのことが捨松を中心にして動くように世の仕組みを変えてしまえばいいのだ。

わしがこの世にいる限り、誰もわしに刃向かえる者はいない。すべてはわしが意のままじゃ。

わしは捨松に太閤秀吉の跡を継がすべく、政の主宰者としての帝王学を授ける。そして捨松が独り立ちするまでの間は、わしが後見として周囲に睨みをきかせる。すべては何の問題もない。すべてはわしの筋書き通りに事が運ばれていく。しかし、たった一つだけ懸念することがあるとすれば、それは時間である。わしの寿命があとどれほど残されているかは神のみぞが知ることだ。せめて捨松をひとかどの武将として周囲に認知させるまで、わしは生きなければならぬ。

あらゆる欲望を我が手中に収めた今となっては、もう他に望みなどはない。金もいらぬ。これ以上あったとしても、あの世にまで持っていくことはできぬからのう。女子ももう十分だ。けっして興味がないわけではないが、これ以上はもう身体が持たぬ。いや、やはり女子の件については、まだ暫しの間は大目に見てもらってもよかろう。あくまでもねねに愛想をつかされぬ程度にな。やはり人生に潤いはあった方がいいからのう。わしはついに征夷大将軍にはなれなんだが、代わりに関白、続いて太閤という名誉ある地位を得た。わしの本当の出自が百姓であることを考えれば、太閤という称号を得ただけでもむしろ上出来と言っていいだろう。

ただ、捨松のことだけは、何としても気がかりだ。

わしは、生きなければならぬ。捨松のためだけにでも、生きなければならぬのだ。

捨松は、わしの人生の集大成じゃ。この秀吉の輝かしい人生の最後の仕上げとして、豊臣家を末代まで栄えさせるためにも、誰もが認める豊臣家の総領へと捨松を育て上げなければならぬ。

こういう時の秀吉の顔は天下人としての顔ではなく、単なる子煩悩な一人の父親のそれそのものになる。いや、年齢と年齢以上に老け込んだ相貌からすると、父親というよりは好々爺と言った方が相応しいかもしれない。

要するに、天下の秀吉といえども、単なる普通のじじいでしかないのだ。

秀吉は、微かに頭をもたげる不安心を必死に抑え込みながら、慈しみに満ちた穏やかな目で捨松のつぶらな瞳を見やった。

醍醐の花見

悲願

「ねね、花見をするぞ。」

突然秀吉がそう宣言したのは、慶長2年（1597）の桜が満開の季節のことであった。

「本日は醍醐寺の桜をご覧になられたとお伺いしております。明日はどちらにて花見をなされるおつもりですか？」

秀吉は大の桜好きである。北政所は明日もまたどこぞで桜の花を見ようと目論んでいるものと思い、愛想を尽かしたようにそう言った。

「いや、明日のことではないわ。わしは来年の花見のことを申しておるのじゃ。」

「まぁ、まだ今年の桜の花が満開だというに、殿はもう来年の花見のことを話されているのですか？」

北政所は呆れたというように秀吉の顔を覗き込んだ。

「そうじゃ。今日、家康と二人で醍醐寺に行った時に、義演がわしに言うのじゃ。『太閤様、義演は来年の春に醍醐寺で前代未聞の盛大な花見をいたしとう存じます』とな。」

義演とは、天正3年（1575）に醍醐寺金剛輪院を再興し、翌天正4年に19歳という若さで第80代醍醐寺座主についた真言宗の僧のことである。

関白・二条晴良を父に持ち、伏見宮貞敦親王の息女である位子を母とする名門の出で、その後も天正7年に大僧正、天正13年には将軍足利義昭の猶子として準后《じゅごう》に任じられている。

準后とは、准三宮《じゅさんぐう》とも呼ばれ、皇族や上級公卿にのみ与えられた三宮（大皇太后宮、皇太后宮、皇后宮）に准じた称号のことであり、義演がたいへんに名誉ある地位を得ていたことがわかる。

醍醐寺に残る『義演準后日記』全62冊は、文禄5年（1596）から寛永3年（1626）までの自身の行跡を記した直筆本で、秀吉や家康などとの交流の模様が記された貴重な内容を含み、重要文化財の指定を受けている。

秀吉とのこの会話がなされた当時の義演は東寺の長者をも兼ねており、真言界の重鎮として仏教界に君臨していた人物である。

醍醐寺座主を務めた義演は、応仁の乱により焼失した醍醐寺三宝院の再興を心に期していた。

三宝院とは醍醐寺にある数ある塔頭のうちの一つであるが、三宝院の院主が醍醐寺の座主を兼ねることが慣例とされていた。言わば醍醐寺塔頭の筆頭に位置づけられる存在であったのが三宝院であったということになる。

その三宝院を再興したい。幼少の時から上醍醐《かみだいご》の笠取山で厳しい修業を積み、座主にまで上りつめた義演の悲願だった。

それには、秀吉の力を利用するのが最も近い道である。

幸い、義演は何度か秀吉の前で祈祷を行ったことがあった。

朝鮮出兵の勝利を祈念する祈祷会《きとうえ》が東寺において行われた際や、方広寺大仏殿落成法要の時などに、義演は秀吉の御前で祈祷を行い、直々に秀吉から言葉をかけられていた。

義演は、当代を代表する僧として秀吉に認知され、厚い信任を得るに至っていたのである。

死の影

名僧には人を見る「眼力」が求められる。

義演は、多くの漢籍を読み学問を究めていくとともに、多くの人々と交わっていく中で、人物の真贋を見極める眼力を身に着けていった。

その意味では、義演から見る秀吉の輝きは別格だった。

このお人は、輝いている。それはまさに、天下人の相貌だった。いや、お顔自体はお世辞にも天下人のそれではない。小柄な体躯でむしろ貧相な顔つきは、所詮出自が百姓であることを如実に物語っていた。

しかし秀吉の双眸には不思議な輝きがあった。自分たちとは違う世界を見つめているようで、何を考えているのか想像がつかない。その瞳に、義演は三宝院再興という夢をも忘れて心惹かれていった。

そんな義演が秀吉の相貌に死の影を認めたのが、徳川家康とたった二騎で突然醍醐寺を訪れた満開の桜が咲く季節のことだった。

前述の『義演準后日記』によるとその日は、慶長2年3月8日（1597年4月24日）の午前であったことがわかる。

その時の秀吉は至って元気で、気乗りのしない家康を強引に同行させ、片道1時間はかかる笠取山（454m）山頂のいわゆる上醍醐にまで足を運んでいる。

ところがこの時に義演は確かに、ひっそりと忍び寄る死の影を秀吉の相貌に認めたのであった。

それは、多くの人間の生と死とを見つめてきた名僧だからこそ感じ取ることができた、ほんの些細な兆候に過ぎなかった。しかし義演は、間違いなく秀吉の死がそれほど遠くはない事実であることを確信した。

あと1年。どんなにもっても2年にはなるまい。

そう思ったら、突然義演の心を焦りが襲った。秀吉が死ぬ前に何としても三宝院再興を成し遂げなければならない。

短い時間の間に思案を巡らせた義演は、醍醐寺でかつてない花見を開くことを思いついたのだった。

派手好きで祭り好きな秀吉のことである。荒唐無稽な話であればあるほど、小躍りしてわしの話に乗ってくるに違いない。

花見

「太閤様、拙僧は花見がしとうございます。」

義演は静かに秀吉に語りかけた。

「義演よ、我らは今、こうして花見をしておるではないか。」

秀吉は、義演の言葉をほとんど気に留める様子もなく、屈託のない表情でそう言って笑った。

「今年の花見のことではなく、来年の花見のことにてございます。」

「今年の桜がまだ盛りの時期じゃというに、そちはもう来年の桜のことを考えているのか？ 随分と気が早いことじゃのう。」

「太閤様、私がしたい花見とは、これまで誰も考えたことのない空前絶後の花見にてございます。」

義演は、「空前絶後」という言葉を強調して発音した。意表を衝いた義演の言葉に、秀吉が鋭く反応したのは言うまでもない。

軽く義演の話を聞き流していた秀吉が、聞き耳を立てるようにして次の言葉を待っている様子が窺えた。

思った通りじゃ。義演は内心したり！と思いながら、なお冷静さを装い言葉を継いだ。

「醍醐寺一山を桜の花で覆い尽くすのです。花見のために新たに御堂を建て、そして畿内各地の桜の銘木を何百本と移し植えて、立ち並べるのです。数多《あまた》の客人をお呼びし、太閤様の権勢をしかとお示しいたしとうございます。」

「それはおもしろい。皆が目を見張る様子が手に取るようじゃ。」

秀吉はポンと手を打つと、さも愉快そうに大きな声を立てて笑った。義演の謀《たくら》みに秀吉は完全に乗ってきたのであった。

朝鮮出兵が膠着状態に陥り思うような進展が見られず、塞ぎがちで不機嫌なことの多かった秀吉が、久し振りに無邪気にはしゃいで見せた。

義演の企ては、醍醐寺三宝院再興という彼自身の悲願成就のためのものであったが、同時に、秀吉の最期に華やかな彩りを添えて差し上げたいという純粋な心根からの気持ちでもあった。

三宝院再興

ここから先は、義演がなすべきことは何もなかった。後はもう、秀吉の爆発的な創造力と実行力とに任せておけばいい。

「畿内の各所から飛びきり美しい桜の樹を醍醐寺に移植せよ。」

秀吉は、京都奉行の前田玄以を花見奉行に任じ、命を投じた。

加えて、

「花見に相応しい御堂を醍醐寺に建設するのじゃ。」

突然の狂ったような秀吉の布令に、玄以をはじめ秀吉の側近たちは戸惑った。殿の真意は那辺にあるのか? 桜の季節が終わったばかりというに、殿はもう来年の花見のことを企てようとしている。例のいつもの気紛れではないのか? 彼らは秀吉の真意を測りかねて内心怪訝に思いながらも、我が身の保身のため命に従った。

秀吉の思いは一時の気紛れではなく、本気だった。

秀吉はその後も度々、醍醐寺に足を運んでは、細部に至るまで自ら念入りに指示を与えている。相当の熱の入れようであった。

ほくそ笑んだのは、義演である。自らの労を煩わすことなく、秀吉の力により醍醐寺三宝院再興を成し遂げる道筋をつけられることになる。

来春の花見に向けて諸事が整い始めた頃合いを見計らい、義演は秀吉に目通りを願い、さらなる願いを口にした。

「太閤様、拙僧は応仁の乱以来焼失したままの三宝院を再興しとうございます。」

義演は、思いつめた顔で意を決したように秀吉への懇願を口にした。

気紛れな秀吉が相手である。秀吉からの厚い帰依を得ている義演といえども、秀吉の反応が好悪どちらに転ぶかを予測することは容易なことではない。下手をすればこれまでのすべての努力が水泡に帰すことにもなりかねない。

義演の大きな賭けだった。

「義演よ、それはよい心がけじゃ。」

秀吉は二つ返事で義演の願いを許可した。

義演はホッと胸を撫で下ろした。秀吉が醍醐寺を訪れる度に義演は、それとなく焼失した三宝院のことを伏線として秀吉の耳に入れていた。周到な準備がこの日のために功を奏したと言えるだろう。

「再興しました金剛輪院を三宝院と改称し、そこに美しい庭園を造りたく思います。よろしゅうございましょうか？」

「あぁ、よい。そちの思いに任すがよい。三宝院は醍醐寺になくてはならぬ存在じゃからのう。そうじゃ、庭は、わしが造る。わしがこの世にまたとない美しい庭を考えよう。」

義演は内心、これは厄介なことになったと思った。

秀吉に庭など造れるものか。百姓上がりで成金趣味丸出しの秀吉が造った庭は、かえって三宝院の品位を貶めることになりかねない。

しかしこの申し出を拒めば、秀吉はみるみるうちに機嫌を損ね、三宝院再興の話はなかったことになるだろう。受け入れれば、節操のない下卑た庭ができ上がること必定だ。義演は進退が窮まったと思った。

がしかし、すぐに思い直した。秀吉の余命はもう幾許もない。庭が完成する前に秀吉の命は尽きるだろう。その後で如何様にでも自分流に造り変えればいいのだ。

「それはありがたき幸せ。太閤殿下にお造りいただいた庭となれば世の評判となり、醍醐寺三宝院の名声は後の世にまで永く語り継がれることでございましょう。」

秀吉は満更でもないというふうに大きく頷いた。

行列

前日までの雨と風が収まり、真っ青な空が天空を支配した。慶長3年（1598）3月15日の朝は、爽やかに明けていった。

秀吉の居城である伏見城から醍醐寺に至るまでのおよそ一里の道筋には木柵が張り巡らされ、弓矢鉄砲などで武装した多くの兵士たちが配備され、ものものしい警備態勢が敷かれていた。

加えて、男子は行列の見物を禁止され、道の三里四方に立ち入ることさえ許されないという徹底した警備振りであった。朝鮮侵攻の真っただ中である。どこに朝鮮の間者が紛れ込んでいないとも限らないという懸念からなのだろう。それほど、深刻な世相の中で花見が挙行されたことがわかる。

それにも拘わらず、沿道には朝早くから多数の女性たちが見物人として立ち並び、太閤一族の行列が通り過ぎるのを今か今かと心待ちに待っている。

そうこうするうちに、醍醐寺へと向かう長い行列がしずしずとやってくるのが見えた。人々は、太閤殿下のお姿を一目でも見ようと、互いに争うようにして道端でもみ合った。

ものものしい警備である。列の先頭を厳粛な甲冑に身を包んだ強面の武士たちが寸分の隙も見せずに騎馬で通り過ぎていった。

その次に、こまごまとした調度品のようなものを携えた従者たちが延々と続いていく。

長い列の中ほどに、とりわけ煌びやかな輿に乗った老人が通り過ぎていくのが見えた。あのお方こそが、太閤殿下であらせられるのだろう。

遠目にしか見えないが、上品なお召しものに金色の刺繍が施された見事な羽織を羽織られていた。太閤殿下のお姿を拝見できたことで、冥途へのいい土産ができたというものだ。人々は口々に、そう言い合っては興奮冷めやらぬ様子で行列を見やっている。

庶民の間における太閤秀吉の人気は、絶大なものであった。

秀吉の輿の後ろに続く小振りな輿にお乗りになられているお子様こそが、秀頼様であろう。まだ5歳のいたいけないお子様だ。豊臣家の将来を背負っていかれるには、まだちょっと幼過ぎるのが心配事よ。

秀吉と秀頼の輿に続いて、婦人たちの輿が何台も連なっていく。

最初の輿には、北政所様が乗られているのだろう。秀吉様は部類の女好きの性格を如何ともすることができなんだが、それも北政所様のご理解があってのことじゃ。いくつになっても太閤様は北政所様に頭が上がらぬことよ。

次の輿に乗られているのが、淀殿に違いない。信長様の妹君であらせられたお市の方によく似られた美しい女子《おなご》だそうな。遠くてお顔立ちまではよくわからぬが、真っ赤なご衣裳がよくお似合いだこと。

次の輿は松の丸殿であろうか。松の丸殿は、北近江を支配していた守護大名の京極高吉様の御息女で、龍子様と申されるお方じゃ。龍子様もたいへんに美しいお方との評判じゃが、淀殿とはえらく仲が悪いとの噂じゃ。

何でも、淀殿の父方に当たる浅井氏はかつて北近江において京極氏の家来筋じゃったということで、そんな女の風下に立つことができるものかと、えらいご立腹とのご様子だそうな。以前は太閤様の寵愛振りでも淀殿より厚かったものじゃが、淀殿が秀頼様をお産みになられてから後は、形勢が完全に逆転なさっている。

太閤様の閨室《けいしつ》関係も、えらくややこしいことになっている御様子じゃ。ま、それもこれも、他でもない太閤殿下自らが蒔かれた種であり、言わば自業自得と言うものじゃがの。わしら庶民には縁のないお話じゃ。

行列は、さらに続いていく。

松の丸殿の次の輿は、織田信長様の娘君にあらせられる三の丸殿。その次の輿には前田利家様の御息女の加賀殿がお乗りあそばされている。

そしてその後方には、前田利家様の奥方様である大納言殿御内の輿が続いていく。大納言殿の御内儀まつ殿はもちろん、太閤様の側室ではない。太閤様と利家様とは幼馴染の間柄であり、まつ殿は太閤様とも北政所様とも昵懇の仲ということじゃ。

それにしても、何と華やかな行列であることか。太閤様の御代は、これからも未来永劫続いていきなさるに違いない。まさにこの世の春、まことにめでたくもあり、まことに羨ましくもあることよ。

沿道の庶民たちの呟きが聞こえる。

藤戸石

醍醐寺に到着した秀吉一行は、全山を覆い尽くすがごとくに咲き乱れる満開の桜の花に目を瞠《みは》った。それはいみじくも沿道の庶民が呟いていたごとく、この世の春そのものだった。太閤秀吉の前にあっては、自然の万物さえもが意のままに跪《ひざまず》く。

前日までは挙行が危ぶまれるほどの大雨が降り続いていたのに、今日はそれが嘘のように見事に晴れ上がっているではないか。人々は改めて、秀吉の持つ不思議な力を感じていた。今日は秀吉の権勢を世に誇示するまたとない格好の機会となる。

「義演よ、わしはそちに礼を言うぞ。かくも盛大な花見をわしに提案してくれたのは、そちであった。さすがのわしも最初は、義演は何を戯言《たわごと》を言っているものかと思ったことよ。」

「滅相もございません。拙僧は単に思いつきを太閤様に申し上げたのみ。それをかくまで盛大な花見の宴《うたげ》に仕立て上げられましたのは、太閤様のお力にございます。」

「いや、それほどでもないがのう。」

秀吉は満更でもないという表情で目を細めた。

「惜しむらくは、わしの庭が花見に間に合わなんだことじゃ。予定通りに完成しておれば、今日のめでたき日に色を添えられたであろうに。」

秀吉が設計をすることになっていた庭園は、膠着状態に陥っている朝鮮出兵問題などで秀吉が多忙であったこともあり、作事作業に大幅な遅れが生じていた。もちろんそのこと自体は、義演にとって願ったり叶ったりであったのだが。

「ほんに、返す返すも残念なことにございます。」

百戦錬磨の政僧にとって、心と裏腹のことを口にすることに何の躊躇《ためらい》もない。義演はさらりと言ってのけた。

「まぁよい。次は秋にここで紅葉狩りをするじゃによって、その時までに間に合えばいい。そうじゃ義演、わしはこの庭に聚楽第にあった藤戸石を持ってこようと思うておる。天下の名園には、それに相応しい名石が必要じゃからのう。」

藤戸石とは、阿弥陀三尊に見立てられた3つの組石のことで、洗練された姿形から数多の武将たちがその所有を望み、権力者の象徴として引き継がれていった天下の名石である。直前までは、聚楽第の庭に置かれていた。

「それはそれは、殿下のありがたいお気持ちに義演、感謝の言葉もございません。」

さすがに秀吉のこの申し出には、義演も大いに感じ入った。

確かに秀吉が言う通り、名園に名石は必須の構成要素であるからだ。三宝院の庭に藤戸石が収まれば、三宝院の庭は名実ともに天下一の庭になるだろう。珍しく、どんな時でも冷静沈着な義演の表情が緩んだ。

思い

周りを見やれば、北政所や淀殿たちは、皆思い思いに桜の花を愛でている。三宝院で最初の衣装に着替え装いも新たになった彼女たち自身の姿が、花のように美しく輝いて見える。

ここ桜馬場はまだ醍醐寺のほんの入口で、これからどのような景色や趣向が待ち受けているものか、弥が上にも一同の期待感が高まっていく。

幼い秀頼も、侍女たちに導かれて楽しそうにはしゃいでいる。秀吉は、ますます目を細めた。

近江、山城、河内、大和など畿内各地から取り寄せられた桜の花は主に山桜で、緑の若葉に混ざって白や薄いピンク色の可憐な花弁が微妙に異なる色合いを見せながら全山を覆っていた。下界から山上を見上げた景色は、まさに山に霞がかかったような幻想的な光景に見える。

秀吉は上機嫌だった。

今日のこの花見の宴の主賓は、秀吉を取り囲む女性たちである。

秀吉は、自分が愛した女性たちに美しい桜の花を見せ、皆で和歌《うた》を詠んで茶を嗜み、そして心づくしの料理に舌鼓を打つなどして終日楽しんでもらうことで、自分の許にいることの幸せを心から感じて欲しいと願っていた。

皆が喜んでくれれば、わしの株が上がる。男冥利に尽きるというものだ。わしの株が上がれば、皆がわしに感謝し、秀吉一派でいることの優位性を心底感じ取り、豊臣家の弥栄《いやさか》を支えてくれるに違いない。

今の秀吉にとって、思いは秀頼のことただ一つだった。すべての言動が秀頼のことにつながっていた。

秀頼の将来を盤石なものとするためには、豊臣の力が他の武将どものそれを遥かに凌駕したものであることを改めて世間に印象づけておく必要があり、今日の花見にはそのことももちろん計算に入れていないわけはなかった。

しかしそれよりも秀吉にとって重要なことが、身内の団結力を一層確固たるものとしておくことであった。往々にして権力は、取るに足らないような小さな内部の不協和音から崩壊していくものだ。

豊臣の家臣団の融和と団結をより確かなものとするために、皆が心から楽しめる催しを挙行することができまいか？　それも、ありきたりのものであってはならぬ。皆が度肝を抜くような派手なやり方で、わしら自身も大いに楽しむのじゃ。

今日の花見は、そんな秀吉の思惑が結実したものだった。

満開の桜の花を目の当たりにして、今日の花見の9割方が成功したことは明白だった。だから秀吉は、大いに上機嫌で、まさにこの世の春を謳歌する気分に浸っていた。

わしが亡き後も、正室と側室たちとが仲良く手を携えて豊臣を支えてくれなければならぬ。秀吉は今日のこの花見を、そんな女たちの心が一つになるためのきっかけの場にしたいと考えていた。

だから、努めて明るく振る舞い、女たちへの奉仕の場としようと心に決めていたのだ。

山道

秀吉は、自らが資財を投じ現在はまだ改修中の五重塔を右手に見ながら、真っ直ぐに歩を進めた。応仁の乱により荒廃した醍醐寺の境内は、まだ改修の最中であった。

かつての名刹は、まだ復活の途上にある。わしの手で醍醐寺を蘇らせてやるのじゃ。秀吉は改めて決意を新たにした。

女人堂（成身院）から先は、本来女人禁制の領域である。ここからは厳しい修行の場であり急な上り坂となるが、秀吉はそれをものともしない。昨春には家康と山頂まで登った道であるし、新たに花見御殿を築いた槍山は、その四分の一にも満たない距離にある。何度も下見に来ているし、言わば勝手知ったる道なのだ。

それにしても、このパワーはどこから出てくるものか？ 集団の先頭をきって険しい山道を登っていく秀吉の精力に驚嘆の念を抱きながら、誰もが喘ぎ、半ば呆れる思いで従った。

どのくらいの高さを登っただろうか。やがて一行は、槍山と呼ばれる平地に辿り着いた。こんな険しい山中に広い平坦地が存在するはずがない。この場所も秀吉が命じて平らに削らせたに違いない。

その平坦地に、この日のために新調された御殿が建てられていた。

「いやぁ、登ってきた時には坂が厳しゅうで気がつきませなんだが、周囲の桜の何と美しいことでございましょうか。」

思わず北政所が声を上げた。

「ほんに、下から見上げる桜も美《うつく》しゅうございましたが、こうして上から見下ろす桜はさらに格別にございますなぁ。」

淀殿も感嘆の声で応じる。

ともに険しい山道を登ってきたという一体感に美しい桜の景色が相和して、思わず心が和んでいくのを誰もが感じていた。

「さぁ、花見御殿に上がり、まずは酒など酌み交わしながらゆるりと休もうぞ。険しい山道をここまで登ってきては、皆の者もさぞお疲れのことであろう。」

秀吉の言葉に、一同は花見御殿へと入っていった。

野望

「殿、本日はわざわざ我らのために斯様《かよう》にまで楽しき花見の宴を御用意いただき、まことに感謝の念にたえません。一同を代表し、ねねが殿に御礼を申し上げます。山道をお歩きになり殿も喉が渇かれたことでございましょう。まずはこのねねめの盃をお受けくだされ。」

北政所は秀吉に盃を差し出し、酒をなみなみと注いだ。秀吉はその盃を一気に飲み干し、満面の笑みで北政所に返杯をした。

「豊臣家の今日《こんにち》があるのも、皆そなたのお陰じゃ。この秀吉こそ、礼を言うぞ。」

恐らくこの言葉は、秀吉の本音である。

天下部類の女好きである秀吉の我がままをよくぞ広い心で受け止め、今日まで耐えてきてくれたものだ。北政所に対しては、誰よりも感謝している。そのことを、こうして素直に面と向かって本人に言えるところが、秀吉の偉大なところでもある。

「殿様、龍子も殿様の盃を頂戴しとうございます。」

突然二人の会話に割り込み、奪うようにして北政所が手にしていた盃を我がものとしたのは、松の丸殿だった。

松の丸殿の気迫に気圧されるようにして、秀吉は反射的に差し出された盃に酒を注いだ。

「松の丸殿、待たれよ。北政所様の次はこの淀が盃を頂戴する順番ですぞ。出過ぎた真似はなさらぬがよい。」

秀吉から拝領した盃に口をつけようとした松の丸殿を制したのは、淀殿だった。そして、松の丸殿から盃を奪わんとして、二人がもみ合う様相となる。

秀吉は、内心困ったことになったと思った。

豊臣家の女性たちに花見をして喜ばせ、一族としての団結をより強固なものとせんがために周到な準備をして迎えたはずの今日の催しであったのに、団結どころか一歩間違えば一族の分裂にもなりかねない事態になってしまったではないか。

こういう時の秀吉は、まったく無力な男と化してしまう。男性に対しては天下無敵で強気の態度を通せるのに、女性に対しては滅法弱い存在なのが、秀吉の長所でありまた短所でもあるのだ。

有効な解決策を見出すことができず、秀吉は二人の姫の争いをただ呆然と見ているしかなかった。

「まぁまぁ、お二人とも、今日のめでたき席に争いごとは禁物でございますぞ。その盃は、このまつが頂戴いたしましょう。」

そう言って松の丸殿から巧みに盃を取り上げると一気に飲み干したのは、前田利家の室であるまつであった。

まつは、秀吉や北政所と幼馴染みの仲であり、盟友前田利家の正室である。ただし、今日のこの宴では二人よりも低い序列の客人としての立場にある。低い序列のまつが秀吉の盃を飲むことにより、淀殿も松の丸殿ももうその盃を口にすることはできない。

咄嗟のまつの機転に、秀吉はホッと胸を撫で下ろした。戦場で敵に組み敷かれ首を掻っきられそうになり死を覚悟したその時に、まさに間一髪のところで味方の将に助けられたような心地だった。

さすがはまつ殿よ。頼りになる女子じゃわ。秀吉はまつに向かってこっそり目配せをして感謝の意を表した。

命拾いをした秀吉はすっかり落ち着きを取り戻し、歌会を催して場を盛り上げた。

この時の歌を記した131葉の短籍《たんざく》が「醍醐花見之和歌」と題されて醍醐寺に残されている。

あらためてなを可《か》へてミむ深雪山　う徒《づ》もるはなもあらはれにけり
（改めて　名を変えて見む　深雪山　埋もる花も　現れにけり）
深雪山可遍《かへ》るさ越《お》しき気《け》ふの雪　花農《の》おもかけい徒《つ》か忘れん
（深雪山　帰るさ惜しき　今日の雪　花の面影　いつか忘れん）

恋々てけ婦《ふ》しそみ遊《ゆ》き花佐《さ》可《か》り　なかめにあ可《か》しいくとせ乃春
（恋々て　今日しぞ深雪　花盛り　眺めに飽かし　幾年の春）

その冒頭の3首が秀吉の歌である。

深雪山とは、秀吉の働きかけによって朝廷から新たに賜った醍醐寺の山号である。秀吉は歌の中で桜の花弁を雪に喩えて表現している。白い雪が舞い散り、山々を覆い尽くすかのように桜の花が咲き誇っている。

まさに我が眼前に、秀吉が追い求めた美の極致の世界が存在していた。

秀吉は先ほどのアクシデントを完全に忘れ去り、得意満面の思いでこの歌を詠んだ。まさに今が盛りの我が世の春。そして豊臣の春が永遠に続くことを祈念して。

さらに秀吉はこの歌にもう一つの熱い思いを込めていた。

来年の春にはこの醍醐寺に後陽成天皇の行幸を得て、今年よりもさらに盛大な花見の宴を催すのじゃ。今年の花見は言わば豊臣の身内の花見であり、来年の御幸のための予行演習に過ぎない。

わしが朝廷に働きかけた深雪山という寺の山号は、後陽成天皇の御幸《みゆき》を得る山であることを意図していたとは、まだ誰も気づいてはおるまい。天皇の御幸を公にした時の皆の驚く顔が目に浮かぶようじゃ。

秀吉は独りごちて、にやにやと不敵な笑みを浮かべた。

来年までには造成中の三宝院の庭も完成し、修復中の五重塔も装いを新たに優雅な姿を見せてくれるに違いない。今年よりもさらに数段華やかな醍醐の花見を演出して見せようぞ。

秀吉の野望は、歳を重ねても少しも衰えることがなかった。

茶屋

「さぁ、歌会もこの辺りでお開きにして、再び外で花を見ようぞ。今日はそれぞれ趣向を凝らした茶屋が道のそこここに造られているはずじゃ。順繰りに覗いてみることにしよう。」

秀吉の言葉を合図に、庭先の桜の枝に短籍を結びつけ、一行は花見御殿を後にして思い思いに茶屋を巡り始めた。

醍醐寺の境内には、女人堂から槍山に至る道沿いに、この日のために8つの茶屋が設けられていた。どの茶屋も、主人の個性と工夫とにより客人を楽しませる趣向が凝らされている。

池に面した石橋の左手にあるのは、益田少将の茶屋である。秀吉は亭主に勧められるままに茶を一献喫した。

岩の下の平らな土地に松杉の大木や椎檜の老木が鬱蒼と茂り昼なお暗い場所に建つのは新庄雑齋の茶屋である。もの寂びた茶道具が風流を誘う。

三番目の小川土佐守の茶屋は手の込んだ趣向は何もなく、ただ喉の渇きを潤すための茶のように見えたが、それがかえって秀吉の興を得た。

そこから十五六町の上方に趣のある岩堀があり、そこに茶屋を設えたのが五奉行の一人である増田《ました》右衛門尉（長盛）である。そろそろ一行が歩き疲れる頃合いであろうことを予測した右衛門尉は、何と茶屋に湯屋を設けていた。

秀吉は大の風呂好きである。秀吉は素っ裸になると、歓喜して湯船に飛び込んだ。

「さすがは右衛門尉、粋な計らいをするものじゃのう。」

秀吉は御満悦だった。

従う女性たちにもそれぞれに湯屋が用意されていて、山歩きの疲れを癒すとともに、ここで衣装替えが行われ、装いも新たに華やかな昼食の宴が始まった。

人々が楽しげに語らう様子に、増田は我が意を得たりと大いに喜んだ。

茶屋を出て周囲を散策すれば、張り子の人形や櫛などの小物が置かれた屋台があり、縁日の気分を味わうことができる。普段お金を出して店で物を買うなどということをしたこ

とのない姫たちにとっては、このような趣向は新鮮に感じられ、胸がわくわくするような
ときめきを感じるものだった。
また、幼い秀頼のためには池に人形が乗った小舟を浮かべ、岩にぶつかる様子などを見
せて驚かせたり、さまざまな趣向が用意されていた。
秀吉や秀吉の女房衆のことを日頃からよく知る増田ならではの心のこもったもてなしで
あった。
五番目の徳善院（前田）玄以の茶屋は、正統派の茶室の造りだった。奇を衒《てら》うことなく、
堂々とした茶席は、さすが本日の花見の作事奉行に任じられただけのことはある。秀吉は
酒を飲み、折詰を食べながら、玄以の茶屋でゆるりと午後のひと時を過ごした。
六番目の長束《なつか》大蔵大輔（正家）は、秀吉の到着時刻を夕方に及ぶと予め予測し、晩餐の
用意をして一行の来訪を待ち受けていた。
予想通り、
「腹が減った、何ぞ食べるものはあるか？」
との秀吉の第一声に長束は大いに喜び、待ってましたとばかりに喜々として秀吉の許に
御膳を運ばせた。つき従う女性たちも参加して、晩餐の宴が和やかに催された。
すっかり上機嫌の女性たちは、午前中に盃争いがあったことなどはもう忘れ去り、皆が

和気あいあいと和やかに会話の花が咲く。

ここでも三度目の衣装替えが行われる。

「衣装が変わる度に美しゅうなるものよのう。」

秀吉が軽口を叩き、皆がどっと笑う。こういう時の秀吉は、天下に並ぶ者のない女たらしの面目躍如である。

長束の茶屋ですっかり長居をしてしまった秀吉たちは、まだ訪れるべき茶屋が2つも残っていることを思い出した。

気の毒にも七番目の御牧勘兵衛の茶屋は軽く中に入っただけで素通りし、最後の新庄東玉の茶屋を訪れる。

「ねねよ、花見はなかなか疲れるものじゃ。」

散々に飲んで食べて歩いた一日だったので、最後の茶屋まで行き着いたことによる安堵感も重なり、今日一日の疲労が秀吉の身体をどっと襲った。

「わしもだいぶ耄碌したようじゃ。これしきのことで疲れが出るとは、嘆かわしいことじゃのう。」

ポツリと秀吉が言った。

しかしこの時の秀吉は、よもやそれから僅か5ヶ月の後に自分がこの世を去ることになろうとは、夢想だにしていなかった。

頂上が高ければ高いほど、下り坂を転げ落ちる速さは増していくものだ。頂上の高さのままで永らえることなど、どんな人間にもできる芸当ではない。たとえそれが天下人秀吉であっても、例外ではなかった。

しかしそれはまた後の話として、今は、幸せの絶頂にある秀吉と秀吉を取り囲む女性たちにこの世の春をもうしばらく味わってもらうこととしよう。

神になる

八幡神

「わしは日輪（神）の子である。」

突然、秀吉が口にした言葉に、一同は唖然とした。


時は、捨松誕生直後の文禄2年に戻る。

「殿は気でも狂われたか？」

「捨松様がお生まれになられてからちょうど3ヶ月が経つわ。待望の御子様じゃからのう。あまりのうれしさに、ついに頭がおかしくなられたのではなかろうか？」

「いくら何でも、日輪の子はあるまい。どう考えても、殿は人の子じゃ。大政所様というれっきとした母者がおわすではないか。」

不安に駆られた家臣たちのヒソヒソ話が聞こえてくる。

「何をぶつぶつ呟いておるのじゃ。わしの考えておることが理解できぬようじゃな。」

「わしはなぁ、この捨松のために、神になるのじゃ。」

捨松様のために神になる？

家臣たちはますます訳がわからなくなり、ただ目を白黒させるばかりだった。

「わしも生身の人間じゃからのう。いつまでもこのまま元気でい続けることはできぬ。このわしもいつかは死ぬるということじゃ。わしは死んでから後も、この捨松を、そして豊臣家を護らねばならぬ。そのためには、神になる必要があるのじゃ。」

「…………。」

「天下を主宰せんとする心がけの人間ともなれば、自分が亡き後の世のことを生きている間に考えておくものよ。いやむしろ、自分が亡うなった後の世を生前に如何に確固たるものとして定めておくかこそが、最も重大な関心事であるのじゃ。」

「…………。」

「捨松が生まれたばかりで何を言うかと思うやもしれぬが、所詮人の命など限りあるものよ。わしは、永遠の命が欲しいのじゃ。たとえこの肉体は朽ち果てても、わしの魂はいつまでも生き続ける。その魂を神として祀ることができまいか？と思うておるのじゃ。神の命は永遠じゃ。わしは神になって、捨松を、そして豊臣家を永遠に守護するのじゃ。」

秀吉は、一気に捲《まく》し立てた。

「恐れながら、神になるとおっしゃられましても、いったい殿はどのようにして神になられるおつもりなのでござるか？」

前田玄以が恐る恐る聞いた。

「その道筋を考えるのが、そなたの役目であるわ。」

「この私めが、殿を神様にする方策を考えるということでございましょうか？」

「そうじゃ。わしが亡うなった後、わしを八幡神として祀れ。そのための神社を造るのじゃ。捨松の背後には、この秀吉が神となった八幡大菩薩が後ろ盾としてついておる。捨松に刃向かおうとする不埒者が現れれば、それは八幡大菩薩に対して弓矢を向けることになる。きっと神となったこの秀吉がその奴《やつ》めに神罰を下すことであろう。」

「そうは言われましても、人間が神となりました例など、一部の例外を除いてこの玄以、存じ上げませぬ。」

「一部にせよ例外はあるということじゃな。」

「いや、その例外というは、不運の死を遂げて祟り神としてこの世に現れ出《いで》ましたる神にございます。太宰府天満宮の菅原道真公や神田明神の平将門公などが、その数少ない例にあらせられましょう。」

菅原道真

菅原道真は、平安時代中期（承和12年（845））に生まれた我が国における有史上最も優秀な天才官僚の一人で、藤原氏一門や武門の出でないにも拘わらず、宇多天皇の後ろ盾を得て昌泰2年（899）には右大臣に任命された人物である。

しかしながら出る杭は打たれるの例よろしく、藤原氏の陰謀の標的となり、昌泰4年（901）に太宰権帥《だざいのごんのそち》として大宰府に左遷の身となる。道真は、失意のうちに大宰府にて病に倒れ、左遷から僅か2年後の延喜3年（903）にこの世を去った。

ところが、ここから道真の怨霊が京の都で暴れ回るのである。

延喜6年（906）に道真左遷の首謀者の一人とされる藤原定国が40歳の若さで急逝する。

延喜8年（908）には、道真の左遷を取り消させようと御所に駆けつけた宇多上皇の参内を阻止した藤原菅根《すがね》が雷に打たれて死亡する。

延喜9年（909）にはついに、道真左遷の中心人物であった藤原時平が病死した。病床の時平の両耳から蛇に化身した道真の霊が現れ出たと言われている。

さらに怨霊による祟りは続く。

延喜13年（913）に道真に敵対した源光が狩りの途中で底なし沼に落ちて行方不明となり、道真を左遷した時の天皇である醍醐天皇の皇太子保明《やすあきら》親王が21歳の若さで逝去。災いはついに天皇家にまで及んだ。

さらに保明親王の跡を継いで皇太子となった慶頼王《よしよりおう》までもが延長3年（925）に僅か

5歳でこの世を去っている。

ここまで不幸が続くと単なる偶然の積み重ねとは思われなくなる。

そして極めつきは延長8年（930）、御所の清涼殿が落雷によって焼失し、多くの殿上人が死傷するという惨事までもが発生していることである。

京の都は道真の怨霊により恐怖のどん底に突き落とされ、パニック状態となったであろうことは想像にかたくない。

この道真の怨霊は、天暦元年（947）に京の地に道真の託宣により北野天満宮が建立されるに至ってようやく鎮まったと言われている。いやはや、道真の霊は強力な祟り神だったのである。

道真は、こうして天神様として人々から祀られる神になったのであった。

平将門

一方の平将門も、平安時代中期の人物だ。

父は桓武《かんむ》天皇の孫に当たる高望王《たかもちおう》の三男平良将《よしまさ》、母は県犬養春枝女《あがたのいぬかいのはるえのむすめ》と言われているが、生年はわかっていない。

桓武天皇から見ると5世の後胤ということになる。血筋はけっして悪くない。下総国佐倉（現千葉県佐倉市）付近を本拠とする地方豪族で、15～16歳の頃に都に出て藤原忠平との間に主従関係を築いていた経歴がある。

藤原忠平は前述の菅原道真を大宰府に左遷した張本人である藤原時平の弟だが、道真に好意的だったため一族の中で唯一道真の怨霊の被害を受けずにすみ、後に藤原氏の中心人物として大成した人である。

藤原定家選の『小倉山百人一首』の中に貞信公の歌として

小倉山　峰のもみぢ葉　心あらば　今ひとたびの　みゆき待たなむ

の歌が所収されている。

貞信公とは、忠平の諡《おくりな》である。

しかしながら将門は、この忠平の下では官位も低く厚遇されなかった。12年ほどの都での生活の後、失意のうちに東国へと下っていった。

坂東の地で平氏一族の勢力争いに巻き込まれていく中で次第に武士の棟梁として頭角を現していった将門は、自らの意思であったかどうかは定かでないが、その血筋のよさもあり「新皇」と称して関東を独立国のようにして我が手中に収めた。

将門のこの反乱は朝廷制度の根底を揺るがす大事件であり、朝廷は征討軍を派遣して将門軍の鎮圧を図った。天慶3年（940）2月14日、ついに将門は敗れ、首が京に運ばれ都大路で晒し首とされた。

獄門となった将門の首は、3日目の夜に突然舞い上がり、切断された胴体を求めて東方に向けて飛び去ったと言われている。

その将門の首が落下した場所と伝えられているのが武蔵国豊島郡芝崎村（現東京都千代田区大手町）で、当地に小さな塚が造られた。

ところが将門の強い怨霊は容易には収まらず、天変地異を起こし疫病を発生させる等により付近の住民たちを長らく苦しめ続けた。

徳治2年（1307）、諸国を遊行《ゆぎょう》していた時宗の僧他阿《たあ》がこの地を通りかかった際、住民の惨状を聞いて将門の霊と対話をし、将門に「蓮阿弥陀仏」の法名を贈るとともに、首塚の上に自らが揮毫した板碑を建立して将門の霊を厚く弔った。

さらに延慶2年（1309年）には、首塚にほど近い神田明神に将門が相殿神として祀られ、ここに神としての平将門が誕生する。

吉田兼見

話を元に戻そう。

「人間が神になった例が少なくとも二例もあるなら幸いなこと。道真や将門にできて、このわしにできないことなどあるはずがないわ。」

「ですが殿、今も申し上げました通り、彼らは不運の死を遂げ、恨みを持ってこの世を去った方々にあらせられます。この世に未練を残し、彼らを貶めようと謀った人物に対して復讐せんがために祟ったので、やむなく人々が神として崇めその霊を鎮めたものにございます。」

「…………。」

「彼らは自ら神になることを欲したわけではありますまい。」

「…………。」

「殿のようにこの世に何一つ意のままにならぬことはなく、ましてや他人を恨むことなど必要のないお方が神になられた事例など、古今東西、天地開闢以来のこの国の歴史を見回してみましても、一切ございませぬ。」

「それは幸いなことを言う。前例のあることをするのでは、この秀吉、そ奴の真似事をすることになりおもしろうないわ。誰もかつてしたことがないことをやってみせるのが、わしの喜びというものじゃ。」

困りきった顔の玄以をよそに、秀吉は急に声を落としてなおも続けた。

「玄以よ、京の吉田神社に吉田兼見《かねみ》という者がおるはずじゃ。極秘のうちにそ奴を呼び寄せるがよい。」

周囲に人がいるわけでもないのに、秀吉は耳打ちするように玄以にそっと囁きかけた。

その表情には鬼気が迫っていて、思わずぞっとするほどの凄みがあった。

守りごと

吉田兼見は、天文4年（1535）生まれの吉田神社の神主で、その祖を辿れば『徒然草』を著した兼好法師こと吉田兼好に行き着く。

吉田家は、御所の清涼殿南廂にある殿上間に昇殿する資格を持つ堂上家《どうじょうけ》のうちの一家であり、兼見はその吉田家の第9代当主に当たる人物であった。

かつては織田信長や明智光秀とも親交があり、特に比叡山延暦寺の焼打ちに際しては、さしもの信長も仏罰を恐れ兼見に焼打ちの是非を相談したと言われている。

吉田家が標榜する吉田神道は、室町時代に吉田兼倶《かねとも》が創始した「唯一神道」という神道の一流派で、吉田神道こそが我が国開闢以来の唯一の神道であると説いた。朝廷や幕府に取り入り、その支持を背景として神社に神位を授けたり神職の位階を授けるなどの権限を与えられ、神道界における地位を不動のものとしていた。

すでに秀吉の知遇も得ており、兼見に相談すれば何らかの有効な解を与えてくれるだろうと、秀吉には漠然とだが勝算があったのだった。

「そちを呼び出したのは他でもない。太閤殿下直々の御下問があってのことじゃ。」

玄以は、威厳を保とうとして敢えて尊大な態度で、吉田兼見に話しかけた。

「それは恐縮至極にございます。して、それがしめに御下問とは、いったいどのようなことにございましょう?」

「それがだな、殿は神になると仰せになられておる。人が神になることなど、果たしてできるものか?」

「これまで、神になりとうて神になられたお人は恐らく一人もおられますまい。ごく例外的に神になられたお人は存在しますが、それらの人たちは皆非業の死を遂げた方々にございます。御無念の霊をお鎮めせんがため、神として祀り奉っているものにございます。

そもそも、神になるとのお考えを持たれたお方など、今までの世にはいらっしゃらなかったのではないでしょうか。」

「そこなのよ。敢えて、これまで誰も考えてもみなかったことを考え、実行に移したいと殿は本気で思われておるのじゃ。」

「そのようなことをお考えになられるのは、なるほどこの世に太閤殿下お一人しかおられますまい。」

「まことにその通りで、困ったお方よ。して、何かよい方策はあるか?」

「なくはありませぬ。我が吉田神道家に伝わる奥義を駆使すれば、人が神になられることも不可能ではありますまい。ただし、それには数々の守りごとがございます。これらの守りごとを一つ一つ、確実に実施していただく必要がございます。そうすれば、太閤殿下は誤またずに神となられるでありましょう。ただし、それらの守りごとを取りまとめるのに少々時間をいただきとう存じます。よろしゅうございましょうか?」

「それにはどれほどの時間が必要だというのか?」

「恐れながら、1年。1年は頂戴したく存じます。」

「随分時間がかかるのじゃな。しかし仕方がない。1年待つこととしよう。その代わり、1年後には必ずその守りごととやらをまとめ上げ、殿にお示しするのじゃぞ。」

「しかと承りましてござります。」

「褒美は思う存分取らすゆえ、頼んだぞ。」

神になる準備

「殿、それがし、吉田兼見に会うてまいりました。兼見が申すには、殿が神になられる道はあるとのことにございます。」

「おぉそうか。それは祝着至極じゃ。して、その道とはどのようなものじゃ？」

「それが、1年待て、と申しておるのです。」

「何、1年も待たねばならぬというのか？ 随分と勿体振ったことをぬかしおるではないか。」

「左様にございます。何でも、神になるには守りごとが必要で、その守りごとをまとめ上げるのに1年かかるというのです。」

「まぁよいわ。わしはまだ元気じゃによって、急ぐ話でもない。1年待てば神になれるのであれば、その1年を待つことにしよう。その間に、わしはわしで神になるための準備を始めるぞ。」

「神になる準備、でありますか？」

「そうじゃ。わしは日輪の子であるとの噂をまことしやかにばら撒くのじゃ。最初は根も葉もない戯言《たわごと》と誰もが思うだろうが、繰り返し繰り返し噂を流すことにより次第に、もしかしたら太閤殿下は本当に日輪の子かもしれない、と思うようになる。」

「…………。」

「そこへ、世間があっと驚くような奇蹟を一つか二つ起こしてやればよいのじゃ。世の中の者どもは、一も二もなく我が神力を信じることだろう。」

秀吉は、京都奉行の前田玄以にそう言うと、さも愉快げに高笑いをした。

秀吉様というお方は、恐ろしいお人よ。いったい何をお考えになられているのやら、我ら凡人には皆目見当がつかぬわ。我はえらいお方様に仕えてしまったものだと、玄以は内心ぞっとした。

しかしその一方で、こんなおもしろい仕事は願っても転がり込んでくるものではあるまいと、秀吉の下で働くことの喜びと充実感をも感じていた。

新八幡社

約束の1年が経った。

「前田玄以様、お約束通りに神になるための守りごとを紙に認《したた》めてまいりました。これは、唯一神道を標榜する我が吉田神道の秘儀にてござれば、けっしてご他言なきよう、よろしくお願い申し上げまする。」

「兼見よ、ようわかっておる。わしじゃて、太閤殿下の他にこの世に神が多数現れられては、面倒ごとが増えるばかりというものよ。この守りごとは、太閤殿下以外にはけっして他言せんので、安心せよ。ところで早速、その守りごとやらを詳しく聞かせてもらえまいか。」

「畏まってございます。」

「太閤様が神になられるためには、亡くなられた後の御遺体の扱い方が常人のそれとは異なってまいります。くれぐれもお間違いのないように細心の注意をお払いくださいませ。」

兼見は、勿体振った言い方で奥義の一部を語り始めた。

「亡くなられた人を神として祀る場合に最も忌み嫌われまするのが、御遺体に不浄なものが取り憑《つ》くことにございます。神様になられる御身ですから、お身体はあくまでも清いままでなければなりませぬ。従いまして、御遺体は亡くなられました後、速やかに埋葬する必要がございます。」

「葬儀を営む猶予もないとそちは申しておるのか？『速やかに』と言っても、いったいどれくらいの時間の猶予があるのであろうか？」

「左様にございます。不浄なものが御遺体に取り憑かぬためですので、一刻を争いまする。そうでございますな、まぁ二刻(4時間)、せめて三刻(6時間)が限界でございましょうか。」

「そんなに短いのか?」

「これでも甘めに申し上げているつもりにございます。」

「そうは言っても、近親の皆様方はお名残り惜しゅうござるであろう。せめて一夜のお別れの時は作れぬものか?」

「なりませぬ。太閤殿下の御遺体はその日のうちに廟所にお運びしなければなりませぬ。そして、廟所に到着いたしましたなら、速やかに亡骸を土中にお埋め奉るがよろしゅうございましょう。その時に使用いたします神具類や諸作法、それに神供《しんぐ》などの詳細は、この紙にしかと認めてまいりましたので、熟読いただきたく存じ奉ります。」

「あいわかった。やむを得ぬな。この守りごと通りに事を運べは、太閤殿下は間違いなく神になられるのじゃな?」

「左様にございます。くれぐれも、遺漏なく儀式をお進めくださいますよう、お願い申し上げます。」

玄以は、兼見から聞いた秘儀を秀吉に復命した。

「玄以よ、大儀であった。兼見には十分な褒美を取らせるがよい。吉田神社の社殿造営を望めばそれも許す。兼見にはこの後も何かと世話になるじゃろうからのう。」

「畏まってございます。」

「まだまだ遠い先のことじゃろうが、わしは亡うなった後に、石清水八幡宮の八幡神のような神になりたいのじゃ。天皇家であろうと源氏であろうと平氏であろうと藤原氏であろうと、誰もが皆わしの霊力を厚く信奉し、わしの御前に武運長久と国家鎮護の祈りを捧げ、頭を垂れにくる。そういう神になりたいのじゃ。そのために新八幡《いまはちまん》社を造ることにしよう。祭神は、もちろんこの豊臣秀吉じゃ。玄以よ、引き続き今後も、神の持つ神威や霊威についての研究を怠ってはならぬぞ、よいな？」

「ははあっ。」

玄以は、畳の表面に額をすりつけて平伏しながら、これはまた厄介なことを命じられたものだと、内心暗澹たる思いで胸の裡に呟いた。

遺言

病臥

慶長3年（1598）は、さまざまな人の思惑が交錯し、それぞれの思いが絡み合いながら慌ただしいうちに過ぎていった。長い日本の歴史において、最も濃密な一年として数えられる年だったと言えるかもしれない。

3月に醍醐寺にて盛大な花見の宴を催した後、秀吉は身体の調子が思わしくない日が続き、伏せりがちな日々を過ごしていた。

若い時から知恵と工夫と機転とで世の中を勝ち抜いてきた秀吉は、脳の疲労度合いも常人のそれとは比べものにならないくらいに消耗していたのだろう。まだ62歳とは思えないほどに外見は老け込んで見え、昨年辺りから長く病の床につくことも増えていた。

今回の体調不良も、これまでと同様に年齢からくる衰えであろうと、秀吉自身も最初のうちは楽観的に考えていた。

「私めが大坂城にいぬる間に、夜の営みが少し激し過ぎたのではございませぬか?」

ねねも、初めのうちは大事とは思わずこんな軽口を叩いた。

「いや、夜の営みなんて……。それほど激しうはなかったわ。」

「まぁ、嫌だ。ではやっぱり、していらしたのですね？　ほんに殿は助平なお人ですこと。」

ねねに助平と言われると、まったくそれを否定できぬ。女房とは恐ろしいものよ。見ていぬようでいて、すべてをお見通しなのだ。わしはねねには、まったく頭が上がらない。

確かに、花見前の頃は、わしも気持ちが高ぶっていたのであろう。毎日姫を変えては、夜の営みに励んでいた。高揚する気持ちを如何とも抑えられず、本能の赴くままに毎晩女子《おなご》を抱いていた。それは今思い返してみても思わず興奮してしまうほどに、激しい営みじゃったことよ。

しかし天下の秀吉じゃ。それしきのことで病の床に伏せるほど、まだ耄碌してはおらんわ。

「女子の話はさておき、私どもを喜ばせようとしてあまりに張りきられ過ぎましたによって、そのお疲れがお身体に及びましたのでしょう。ほんにありがたいことにございますが、どうか無理をなさいませぬよう、お身体を慈しみくださいませ。」

北政所は、伏せりがちな秀吉の床を見舞って、こう言った。

確かに、秀吉の北政所たちに対するサービス精神は尋常なものではなかった。事前に何度も自ら醍醐寺まで足を運び、細部に至るまで花見の舞台を検分しては細かい指示を与えた。

女子が着る衣装一式を、1人につき3着設えさせもした。

この日の花見に参加した女性の数は、供奉の女性たちの数も含めて1300人と言われているから、秀吉は何と4000着近い衣装を用意させたことになる。

しかもこれらの衣装の調達は、島津義久1人に命じられたものであった。

理不尽とも思われる義久への命令は、方広寺大仏殿への建築資材の提供や小田原征伐への参陣に消極的態度を見せた義久に対する懲罰的措置でもあった。

華やかな花見の宴の舞台裏で政治的制裁を加えるなど、実に抜け目のない秀吉一流のやり方で自分の意向に沿わぬ人間に圧力を加えることにも成功していた。

切れ味抜群、冴えに冴え渡った秀吉の差配であった。

確かに、少し張りきり過ぎたかもしれない。しばらくゆるりと休養すれば、すぐにまた元通りの身体に戻るであろう。秀吉は相変わらず、暢気に構えていた。

しかし、秀吉の体調は4月の声を聞いても改善の兆しが見えなかった。

身体全体が重く感じられて、一向に食欲がわかない。腹の奥のモヤモヤとしたものが、次第に身体全体に拡がってくるような不快感。

秀吉の症状は、5月になっても治まらないどころか、次第に悪化の一途を辿っているようにさえ思えてくる。さすがの秀吉も、これは尋常な状態ではないと思い始めていた。

償い

金剛輪院を三宝院と改名した義演は、次第に形を現わし始めた庭園を前にして、感慨深げだった。

庭園の基本構想は秀吉が作ったものの、醍醐の花見以来秀吉は長い間病に伏せっていて一度しか醍醐寺に足を運んでいない。その間に、細部を義演の好みに合わせて修正を加え、理想的な庭へと改善が進められている。

さすがに、藤戸石は天下の名石だ。

高さが異なる3個の矩形の石を組み合せただけのものではあるのだが、色といい形といい、阿弥陀三尊に擬《なぞら》えるのに実に相応しい石である。

聚楽第跡から運び出し、池の対岸に据えた途端に、庭がビシッと引き締まったのが手に取るように感じられた。この石ばかりは、太閤殿下に感謝しなければならない。

それにしても、太閤様の病状は次第に悪化しているという。わしの見立ては恐らく間違っていないだろう。とすると、長くてもあと半年の命だろうか。

殿下は秋の紅葉狩りもこの醍醐寺で行うとおっしゃられていたが、恐らくそれは叶うまい。さらに来年には後陽成天皇の御幸を得て、今年よりもさらに盛大な花見の宴を催されるとの構想だった。

誰も思いもよらないような壮大な夢を持ち、次々とそれを現実のものとしてこられたお方だったのに、無尽蔵とも思われたアイデアも夢ももう見納めだと思うと、義演は堪らない寂寥感に苛まれた。

義演と秀吉との間には義演の知らないところで深いつながりがあった。これも縁《えにし》という言葉で表すしかない事柄なのかもしれない。

実は、関白の座を秀吉に譲ったのが、義演の兄である二条昭実《あきざね》だったのだ。

太閤様は元々、武家の棟梁である征夷大将軍になり幕府をお開きになりたかった。ところが源氏でないことを理由についに征夷大将軍になることを朝廷から許されなかった太閤様は、それに代わる名誉ある地位として関白の座を欲せられた。

ちょうどその頃、近衛伸輔《のぶすけ》様との争いに勝った兄の二条昭実が、関白の座に就任したばかりだった。

太閤様は兄に近づき、兄から関白の座を奪った。

太閤様と兄との間にどんな会話が交わされたのかを、義演は知らない。

しかし兄は、やっとの思いで掴んだ関白の座を僅か5ヶ月の在任期間であっさり太閤様に譲ってしまったのだ。

わしに准后の宣下が下されたのは、太閤様が関白になられた日の翌日のことだった。兄の関白退任とわしの准后宣下とが無関係であったとは思われない。

太閤様は、兄から関白の座を奪った罪を、わしを引き立てることで償おうとされたのではあるまいか。その後も太閤様は何かとこのわしに目をかけてくださった。重要な法要を任せてくださったり、こうして醍醐寺の復興に尽くされたりして、さりげない風を装いながらもわしを後見してくださっている。

太閤様とは、そういうお方よ。

人の恩をしっかりと受け止められていて、必要とする時にはさりげなく手を差し伸べてくださる。人の情けが何ものであるかをようご存知のお方であった。

その太閤様が、もうすぐに亡くなる。

義演は堪らなく寂しい気持ちで、藤戸石を眺めていた。

虚無感

秀吉の病状は、5月に入って快方に向かうどころか、ますます悪化の方向にあった。

元々ふくよかな顔立ちではなかったが、頬肉が削げ始め、次第に目から精気が消えていった。今回のお病はこれまでの病とは異なり、尋常なものでないのではないか？側近の間でも、ヒソヒソとこのような会話がなされるに至っていた。

このことは、絶対に外部に漏らしてはならない。伏見城の城内では、厳しい箝口令が敷かれた。

秀吉に万一のことがあれば、あるいはそこまで至らなくても長期に亘り療養が必要となり政治に空白期間が生じるような事態にでもなれば、朝鮮侵攻問題にも深刻な打撃を与えかねない。

しかし人の口に戸は立てられぬもので、秀吉重病との噂は意外にも多くの人たちの知るところとなっていった。

いわゆる公然の秘密である。誰もが、表立っては口にできないけれど、2人、3人と人が集まると陰でこっそり秀吉の病状のことが噂されていた。

さすがの秀吉本人も、これは尋常な状態ではないと思い始めていた。

似たような症状で床に伏せったことは、これまでにも何度かあったはずである。しかしこれまでなら、しばらくの間安静にしていればいつの間にか元通り元気な身体に戻ってくれたものだが、今回ばかりは治るどころかどんどん症状が悪化していくような気がする。心当たりとなることは、何もない。

醍醐の花見が無事に終わって、疲れたと思った。心底疲れたと思った。しばらくは外出もしないで部屋に閉じこもる日々が続いた。

何しろ、この秀吉が誠心誠意、さまざまな趣向を凝らし、徹底的にねねら女人たちを喜ばせるために催した花見であったからな。全身全霊を打ち込んだ後に来たものは、達成感と満足感と、これは意外だったが虚無感だった。

何もする気力がのうなった。不思議なことだが、女人を抱く気持ちにもなれなんだ。こんなことは、この秀吉のこれまでの人生の中で、ただの一度もなかったことじゃ。

ある日秀吉は、夜の伽にと松の丸殿を寝所に呼んだ。

数多《あまた》侍《さぶら》う女人たちの中で、秀吉が終生最も愛した女性は、松の丸殿であった。少し歳を取ったものの美貌は衰えない。むしろ歳を経ることにより深みが増した顔《かんばせ》は、時に秀吉をしてぞっとせしめるほどに艶めかしく見えることがある。

やや脂肪がつきむっちりとした豊満な肢体を見ていると気持ちがむらむらと高揚してきて、思わず無心の境地になって本能の赴くまま松の丸殿にむしゃぶりつく自分を見出すことしきりである。

松の丸殿の裸の姿を見れば、きっと心がときめくであろう。

秀吉はそう思い松の丸殿を寝所に呼んだのであった。

「おぉ松の丸、よう来たな。わしは急にそなたの裸が見たくなったのじゃ。さぁここに来て、着ているものを一枚ずつ脱いでおくれ。」

秀吉は単刀直入に松の丸殿に言った。

「まぁ、殿ったら、いきなり何ということをおっしゃられるのですか？　そんなに真顔で着物を脱げと言われましても、龍子は恥ずかしゅうて脱げませぬ。」

「よいのじゃ、よいのじゃ。ここにはわしとそなたしかおらぬによって、何の心配もいらぬ。さ、早うわしにそなたの裸を見せておくれ。」

秀吉に促され、松の丸殿は恥ずかしげに躊躇《ためら》いながらも、一枚ずつ着ているものを脱いでいった。

次第に露わになっていく松の丸殿の裸体が、燭台の灯に妖艶に照らし出されていく。

思わず息を呑むような美しさだった。

最後の一枚を脱ぎ去り、一糸まとわぬ姿となった松の丸殿が恥ずかしげな仕草で秀吉の前に立った。

松の丸殿は、秀吉の求めに応じて隠していた乳房と陰部からそっと手を離した。

均整の取れた肢体が秀吉の目に飛び込んでくる。こんな美しい裸体を独り占めできる幸せを秀吉は感じずにはいられなかった。

しかし、いつもとは違う。

いつもなら、爆発しそうな気持ちの高ぶりを抑えることができず、松の丸殿の身体にむしゃぶりつく秀吉であるのに、今日はそんな気持ちになれなかった。

美しい。ほんに何と美しいものかと思うのだが、その思いが性的興奮に結びついていかない。まるで芸術作品を見るような気持ちで、ただうっとりと松の丸殿の裸体に眺め入るだけの秀吉の姿があった。

遺書

この時にわしは初めて、これは尋常な状態ではないということを確信した。

突然に変調を来した身体が、坂を転げ落ちていく球のように、どんどんと加速しながら悪い方向へと向かっていくようにも思われた。

せめてもう一度、松の丸を抱いてみたいと頭の中で思うてみても、わしの身体が言うことを聞かぬのだ。

わしはこのまま、もう女子を抱くこともできずに朽ち果ててしまうのだろうか？

そう思ったら初めて、恐怖心が湧いてきた。猛烈な恐ろしさじゃ。

わしは死ぬるのか？

死とは何ぞ？

今こうして考えているわしの意識はどうなってしまうのか？

わしは生まれて初めて、自分の死のことを考えた。

これまで数多の人間の命を殺《あや》めてきたこのわしが、初めて、自分の死と向き合ったのじゃ。

そうしたら、恐ろしゅうて恐ろしゅうて、わしは自分の死を正視することができずに大きく頭《こうべ》を振った。そして死という現実から逃れようと足掻いた。

わしは、がばと布団を跳ね上げ起き上がると、隣室に侍していた三成に紙と筆とを急ぎ持たせ、わしが口述したことを書き取らせた。

わしの命があと幾許残されているかはわからぬ。わしの命の灯火が消え去る前に、何としてもわしは秀頼のことを残された家臣たちに託さねばならぬ。

秀吉は三成に筆を取らせると、言葉を選びながら口述し、それを書き取らせていった。すらすらと言葉が出てくるところを見ると、何を書き残すべきかは予め秀吉の頭の中に用意されていたのだろう。

天下を差配するほどの人物は、持って生まれた危機管理能力により、常に自分が亡き世のことを考えているものだ。

秀吉が書き取らせた文書は、「太閤様被成御煩候内に被為仰置候覚」という表題の文書として知られている。いわゆる、秀吉の最初の遺言状である。

11箇条からなるこの遺言状の中で秀吉は、徳川家康、徳川秀忠、前田利家、前田利長、宇喜多秀家、上杉景勝、毛利輝元、前田玄以、長束正家に対して、それぞれ自分が亡き後の秀頼への忠節を懇願している。

名を挙げ連ねられた面々は、五大老かその嫡男、あるいは五奉行に当たる人たちだ。言わば、秀吉が最も頼りにしていた重臣たちに対して、秀頼のことを託したのであった。彼らのうちの幾人かは、秀吉亡き後に自らが天下人たろうとの野心を持っている人間であることは明らかだった。

それは秀吉自身が、主君が不慮の死を遂げた後に旧主の所領を自らのものとした経歴を持っているだけに、手に取るように理解できることだった。

だからこそ秀吉は不安だったのだ。

その不安を消し去ることができずに、彼らに対して秀吉の遺言に背かない旨の起請文を書かせた。それがこの時の秀吉にできるせめてもの安心材料であった。

それぞれの想い

あの秀吉めも、いよいよもう終わりということだな。

家康はピクリとも眉を動かさぬ無表情を装いながら、心の中で独りごちた。

噂には聞いていたものの、秀吉の衰弱振りは家康の予想していたそれよりもさらに激しいものだった。

もう少しの辛抱よ。

家康は、秀吉臨終までは秀吉の従順な家臣を演じきる覚悟でいた。すべては、秀吉亡き後に始まる。

それまでは、けっして動いてはならぬ。本心を悟られてもならぬ。

そう自らに言い聞かせると、差し出された起請文に躊躇わずに署名し血判を押した。こんな紙切れに何の効力のあろうものか。

病床で苦しそうに喘ぎながら秀頼の後事を懇願してきた秀吉の表情が思い出された。

しかし家康は、憐れみの情一つ生じないことを、我ながら不思議に感じていた。

いよいよという気持ちはあるが、だからと言って高揚する気持ちもない。秀吉の死を、事実として淡々と受け入れようとしている自分があるのみだ。


利家と室のまつは、沈鬱な面持ちで秀吉の病床を後にした。

あの華やかだった醍醐寺の花見から、僅か2ヶ月しか経っていない。酒を飲んだ赤ら顔で、あんなに上機嫌に冗談を言っては女どもを笑わせていた秀吉殿の御身に、いったい何が起こったというのか？

まだ秀頼様もお小さいというに、秀吉殿に万一のことあらば、豊臣家の行く末は如何《いか》になるのであろうか？

それにしても秀吉殿は、見るに忍びないほどに弱られておられたことよ。すっかり気弱になられてしもうて、ただただ泣いて我らに秀頼殿のことを頼むと懇願するばかりであった。

何と御返答申してよいものやら、まことに困り果ててしまったことであった。

いよいよ我らが最も懸念していたその時が、近づいてまいったようだな。玄以殿よ、殿から仰せつかった重要なお役目のこと、くれぐれも抜かりなきよう、しかと準備のほどをお願い申し上げる。

三成は前田玄以にこう言うと、じっと虚空を見つめ続けた。

秀吉とともに理想の中央集権国家を造り上げることが、三成の夢だった。

思い返せば、まだ若き日に、寺の小姓であった自分の才能を見出し、臣下としてここまで引き上げてくださったのが、殿だった。

武士同士による争いの世を収めて、武士を中心とした秩序ある強力な中央集権国家を築き上げることが、我らの目指すところだった。

惣無事令《そうぶじれい》および喧嘩《けんか》停止令《ちょうじれい》を発布して、武士や百姓たちの私戦を禁じた。

刀狩り令を発したのは、村から無用な武器を取り上げることももちろん目的の一つではあったけれど、むしろ村に居着いていた武士とも農民ともつかぬ浪人どもを追放することが真の目的であったのだ。

検地にしても同様だ。検地帳には真の耕作者の名前のみを記載することとし、武士とも農民ともつかず耕作者から年貢を吸い上げていた輩の権益を取り上げた。農地を真の耕作者に開放することこそが、太閤検地の真の目的であった。

こうして、武士を中心とした強力な国家を造り上げ、百姓も匠も商人も、万民それぞれが幸せで豊かな国を造ることこそが、我らの目指すところであった。殿の強力な後ろ盾を得て、わしは思う存分に持てる力を発揮してここまでやってくることができた。

もしも殿が亡うなってしまわれたなら、我らの理想の国造りは一時的に頓挫してしまうかもしれない。

しかしわしは最後までやり抜かなければならぬ。殿の遺志を継いで、自分一人でもやり遂げねばならぬ。

三成はそう決心すると、口を真一文字に結び、遥か空の彼方をじっと見つめた。

懇願

6月に入り一時盛り返したかに見えた秀吉の容体は、7月の声を聞いた途端に再び悪化した。

食が極端に細くなり、固形物を食べられるような状態ではなくなっていた。一人で起き上がることもできず、うつらうつらとして一日を過ごすことが多くなっていった。

名の知れた薬師を全国各地から急ぎ呼び寄せて診させたが、誰もが首を横に振るばかりで、調合された薬を飲ませてみても、事態は一向に好転しない。

大寺の著名な僧侶が護摩祈祷を繰り返しても、大社の高名な神官が病気平癒の祈りを捧げても、ついに秀吉の容体は快方に向かわなかった。

7月4日、秀吉は虫の息で喘ぎながら、

「家康殿をこれへ。」

と側近に命じた。

不測の事態に備えて伏見の屋敷に留まっていた家康は、取るものも取りあえず、秀吉の枕元に参上した。

家康の目から見た秀吉は、2ヶ月ほど前に見た時よりもさらに衰えて見えた。痩せ細り、目から光が消え失せて、これがあの秀吉殿かと訝しく思えるくらいに相貌も変わり果てていた。

「家康殿。ようお出なされたな。忝《かたじけな》く思うぞ。この秀吉、今度ばかりは観念しておる。先に逝くゆえ、許してくだされ。」

「何を気弱なことをおっしゃられる、秀吉殿。まだまだ日本の国造りはこれからでござる。いつか秀吉殿と我とは、ともに手を取り合うてよき国を造っていこうと話し合うたではござらぬか。」

「日の本の国のことなど、もうわしにはよいのじゃ。今のわしの懸念はただただ秀頼のことのみじゃ。家康殿、秀頼のことをくれぐれもよろしうお頼み申す。秀頼の後見人となって秀頼を盛り立ててやって欲しいのじゃ。」

「御心配あらせられるな。この家康、我が身命に代えても、秀頼様のことをお護り申し上げ申す。」

「まことに忝ない。この年寄りのただ一つの願い、どうか聞き届けてくだされ。」

秀吉はそう言うと、家康の袖を掴もうとした。しかしその指にもはや力はなく、家康の袖を掴み損ねて空しく宙を彷徨《さまよ》った。

天下の秀吉も、もうこれまでよ。往時はどんなに権勢を誇っていても、病には勝てぬもの。こうなってしまえば、秀吉もただの爺《じじい》に過ぎぬ。

秀吉の命も豊臣家の命運も、もうこれまでということじゃ。憐れなものよのう。早くに跡取りを作れなんだがために、この様じゃ。末期の際の口約束など何の気休めにもならぬことは、秀吉自身がようわかっておるはずじゃわい。

視点が定まらぬ目を宙に泳がせながら、なおも家康に懇願しようともがき続ける秀吉を蔑むような目で見下ろしながら、家康は我が世の到来を確信していた。

遺言

何度かいよいよと思わせる危険な局面があったものの、その都度、秀吉は強靭な生命力で危機を乗り越えていた。

さすが秀吉様よ。驚くばかりの粘り腰じゃわ。側近の誰もが驚くばかりであった。

しかし、改善と悪化とを繰り返す度に、秀吉の容体は少しずつだか確実に、悪くなっていった。

8月に入った。

秀吉は、朦朧とする意識の中で、五大老に宛てて再び遺言状を書いた。

秀よりの事、
なり立ち候やうに、
此かきつけしゆへ、
しんにたのみ申候。
なに事も、此ほかは、
おもひのこす事、なく候。かしく。

太閤

いへやす（徳川家康）
ちくせん（前田利家）
てるもと（毛利輝元）
かけかつ（上杉景勝）
秀いへ（宇喜多秀家）

返々、秀より事、たのみ申候。
五人のしゅ、たのみ申候。いさい 五人の物に申しわたし候。

なごりおしく候

まもなく自分が死ぬということは、今や秀吉にとって、もう抗うことができない現実である。すでに秀吉は、観念していた。

人はいずれ死ぬものだ。我が人生は、人が羨むほどの成功の人生だったではないか。金は墓場まで持っていくことはできまいが、わしはありあまるほどの名誉を手に入れた。豊臣秀吉という我が名は、戦乱に明け暮れていた日本を統一した武将として、永遠にこの国の人々に記憶されることだろう。もうそれだけで十分というものだ。

死ぬる者はもうよい。ただ一つの懸念は、残された幼い秀頼のことのみである。どんなに頼んでも安心することができないが、今のわしには頼むこと以外に何もできることがない。

2度目の遺言状も、そんな気持ちで必死に書いたものだった。字は乱れ、言葉も吟味されたものとはほど遠かったが、秀頼のことを案じる秀吉の気持ちがひしひしと伝わってきて、読む者の心を打つ。

秀頼の後事が心配で、秀吉は死んでも死にきれない思いで悶絶する日々を過ごしていた。

独白

亡くなる前日のことだった。

この日の秀吉は、珍しく意識がはっきりしていた。澄み渡るような意識の中で、秀吉は一人ものを思った。

わしの命ももうおしまいだ。

もっともっと長生きをして、秀頼の権力を盤石なものにしてから逝《い》にたかったのじゃが、それももはや叶うまい。

そのことだけが、何としても口惜しゅうて心残りでならぬ。

思えば、わしの一生とは、いったい何であったのか？

わしが一生をかけて追い求めてきた天下とは、何だったのだろうか？　それは本当に命をかけて追求すべき価値のあるものだったのであろうか？

わしは富と権力と名誉とを手に入れた。

明日の食べものにも窮していた貧乏百姓だった頃のことを思えば、まさに望外の望みが叶ったと言わねばならぬ。

しかし、これらのわしが得たものは、わしを本当に幸せにしてくれたのだろうか？

ありあまるほどの財宝や強大な権力を前にして、人々は誰もがわしの前に跪《ひざまず》いた。しかしそれは、ただ単に富や権力の分け前を自分たちが欲しかったからではなかったのか？

本心からわしのことを慕い、心の底から喜んでわしの下《もと》で働いてくれた人間が、いったいどれほどいただろうか？

天下人であることを離れたら、わしはただ単なる一人の人間でしかない。

わしが偉いのではなく、太閤という地位が偉いだけだったのじゃ。

女子《おなご》にしても、同様よ。

わしが一文なしの貧乏侍であっても、なおわしについてきてくれる女子など、ねねを除いては恐らくおるまい。

世の中は、皆金と権力だけだったのではあるまいか？

秀吉の下に皆の者が集まったのは、秀吉という一人の人間の魅力ではのうて、秀吉が手にした富や力のためだったのではないか？

わしは、いつも孤独だった。何一つ不自由のない身であるのに、実は堪らなく孤独だったのだ。

天下とは何だ？　富とは何ぞ？　権力とは何ものか？

わしはいつも、せっかく得たこの地位や我が命を誰かに奪われるのではないかと恐れ、怯えながら生きてきた。安心して眠りにつけた日などただの一日もなかった。

死ぬる身にはもはや、天下も富も権力も何も関係はない。わしは、豊臣秀吉というただ一人の人間として我が子の幸せを願い、そして死ぬるのみよ。

わしは、天下人である前に、一人の人間であったということを、今つくづく感じている。

わしは多くの人を殺《あや》めてきた。

世の中は、殺《や》るか殺られるかじゃ。自分が生き残り勝ち上がっていくためには、殺られる相手のことを構ってなどはいられない。

わしは人を殺すことを何とも思わなんだ。わしの論理では、負ける人間が愚かであり悪かったのじゃ。

しかし、殺される人間はその人一人だけの命ではなかったということに、わしはついぞ今まで気づかなんだ。

殺される人間には、妻も子もいただろう。年老いた父や母もいたかもしれない。

わしが奪った一人の命は、その人一人だけのものではのうて、その人の周りに生きている多くの人々のささやかな幸せをも同時に奪っていたということに、わしは今まで気がつかずにいた。

わしは、自分の立身出世と引き換えに、どれだけたくさんの人間の命と幸せとを奪ってきたのだろうか？　わしの幸せは、殺されていった多くの人間の犠牲の上に築かれたものだったとも言える。

わしには夢があった。天下を獲るという大きな夢だ。

しかし殺されていった一人一人の人間にもそれぞれに、夢があったはずだ。それはわしの抱いた大きな夢と比べれば、取るに足らない小さな夢であったかもしれない。

しかし、夢の価値は夢の大きさに比例するものだろうか?

どんな大きさであろうと、夢は夢。夢の大きさによって価値に差などあろうはずがない。

天下を我がものにしたこのわしが死ぬる間際に最後に抱いている夢は、我が息子である秀頼の無病息災ではないか。

わしは天下人豊臣秀吉ではのうて、秀頼の父豊臣秀吉としてこの世を去るのじゃ。

改めて問う。

そこまでして我がものとした天下とは、いったい何だったのだろうか?

敵の命だけではない。わしのために戦い、命を落とした味方の者たちもたくさんおった。

彼らに対して、わしは何をしてやっただろうか?

あぁ、人の一生などというものは、堪らなく虚しいものじゃ。

露とおち　露と消えにし　わが身かな　難波のことも　夢のまた夢

臨終

沈痛

誰もが驚く強靭な生命力で幾度もの生命の危機を乗り越えてきた秀吉であったが、自然の摂理にはついに抗えず、慶長3年（1598）8月18日、北政所や淀殿など近親の人々に看取られて、静かに息を引き取った。62歳の輝かしい生涯であった。

伏見城は、沈痛な空気に包まれた。5月からの患いで、この日の到来は誰もが心に予期していたこととはいえ、生前の秀吉の存在があまりにも大きかっただけに、ぽっかりと空いた大きな穴を、誰もが埋めきれずにただただ呆然とするばかりだった。

そんな中で、主君の死の悲しみに浸る暇もなく、秀吉の死とほぼ同時に動き出した2人の男がいた。

秀吉の側近中の側近である前田玄以と石田三成の2人である。

秀吉は、近親者や周囲の取り巻きに秀頼の後事を託すとともに、この2人に対してのみ、もう一つ別の特命を遺言として残していた。

それは、神になる、という非常に難しい使命の実行であった。

予め吉田兼見に調べさせておいた手順に忠実に従い事を運ばなければならない。しかも、極秘にである。

秀吉の死は、公にはまだ伏せられていた。時はまさに朝鮮侵攻の最中であり、総司令官たる秀吉の死は、戦線に大きな影響を及ぼす。秀吉の死は、伏見城中に固く秘されていた。

葬送

静まり返る静寂の中を、夜陰に紛れて密かに城を抜け出す少数の人の列があった。黒い装束に身を包んだ一行は、誰もが口を噤《つぐ》み、一言も言葉を発しない。列の中央に粗末な棺を持つ人たちが見えるので、葬送の列に違いない。しかし、一人の頭と思しき武士と少人数の従者たちのみの列であるから、城内で病死した下級武士を人知れず野辺に葬りにいく列であろうと思われた。

一行は、伏見街道を京の方へと上っていく。

やがて一行は、方広寺の裏側に聳える山の麓に至った。山の名は、阿弥陀ヶ峰である。この辺り一帯には、方広寺の広大な伽藍が拡がり、その東側に祥雲寺が建立されている。祥雲寺は、秀吉と淀殿との間に最初に授かり、僅か2歳あまりで夭折した鶴松の菩提を弔うために秀吉が建てた寺である。

方広寺、祥雲寺、阿弥陀ヶ峰が西から東に向かってほぼ一直線に連なっている。夜の闇の中であるので思うに任せないものの、一行は燭台の僅かな光を頼りに、山を登り始めた。

普段は人が足を踏み入れることのない山であるのに、意外と順調に葬送の列が山を登っていけたところを見ると、予め手筈が整えられていたようにも見受けられる。

一行は、山の中腹にある平坦地で柩を降ろした。

こんな山の中腹に平地があるはずがないので、予め整地がなされていたものと考えられる。それにしても、何と段取りよく準備が整えられていることか。下級武士の葬送にしては、無気味なほどの用意周到さである。

さらに驚いたことには、柩を納めるための穴までもがすでに掘られているではないか。

一行は、柩の蓋を開けて懇《ねんご》ろに故人に別れを告げると、その穴の底にそっと柩を置いて上から盛り土をした。

最後の仕上げとして、盛り土の上に目印として石が置かれた。数人の人間がやっと持ち上げられるくらいの大きさの均整の取れた形をした立派な石である。

そして無言の一行は、最後にもう一度深々と一礼すると、しずしずと山を降りていった。この時の様子を目撃した人間は、誰もいない。

密命

「玄以殿、御苦労であった。」

夜の闇から伏見城に戻った前田玄以を迎えて、石田三成は労いの言葉をかけた。三成は、夜半であるのに一睡もせずに玄以の帰りを待っていたのだ。

「して、首尾は如何？」

「三成殿の事前の周到な手配のお陰で、殿の遺言通り、滞りなく阿弥陀ヶ峰の中腹に御遺体を埋葬することができ申した。」

「それはそれは、祝着至極。」

「それにしても、殿も奇妙なことを我らに命じなされたものじゃ。」

秀吉が遺言により玄以と三成だけに与えた密命とは、次のような内容のものであった。

わしが亡うなったら、通夜は営まず、時を移さず速やかに阿弥陀ヶ峰の中腹に遺体を埋葬せよ。

そして、わしを八幡神として祀るのじゃ。わしを祭神とする社を阿弥陀ヶ峰の麓に建てるがよい。

わしは、新八幡《いまはちまん》として、京の街を見下ろす阿弥陀ヶ峰の上から、京の都を、豊臣を、そして秀頼を護るのじゃ。

阿弥陀ヶ峰は、この秀吉の墓として、兼ねてよりわしが見立てておいた山じゃ。

形が美しゅうて京の街からよう眺められる。また、阿弥陀ヶ峰とは阿弥陀仏の山という意味である。阿弥陀ヶ峰に眠るわしは、新八幡であるとともに衆生を救う阿弥陀仏でもあるのじゃ。

さらに阿弥陀ヶ峰は、方広寺の真東に位置しておる。また鶴松が眠る祥雲寺も、方広寺と阿弥陀ヶ峰とを結ぶ線上にある。さらにその先には豊臣家に所縁の深い本願寺も続いている。本願寺から阿弥陀ヶ峰にかけての一帯を、我が豊臣家を祀るための一大聖地とするのじゃ。

吉田兼見から得た秘伝をよう守り、きっとわしが神となれるように計らうのじゃぞ。

三成と玄以は、秀吉から発せられた思いがけない遺言をただ呆然と聞いていた。

「それにしても、北政所様も淀殿も皆、奥方様たちは殿との最後の別れを惜しみたかったであろうに……。」

「そのことよ。実は貴殿が殿の御遺体を城外に運び出した後、そのことを知った淀殿らが我につめ寄り、往生し申したわ。」

「そうじゃろうのう。殿の御遺体から離れようとせぬ奥方たちを、何とか引き離したのは、そちの機転であった……。」

詰問

「皆々様、殿の御臨終はまことに口惜しいものにてございまするが、皆々様はここ数日来寝食を忘れて殿の看病に当たらせられてまいりました。殿の御逝去に際し、さぞお疲れのことと存じまする。ここからはまた長丁場となりましょう。別室に粗食ではござるが簡単な食事などを御用意申し上げております。ここは一つ、一旦は御休憩あそばされまするのがよろしかろうと存じ奉ります。」

「さすがにそちの言葉に、女性《にょしょう》たちは素直に反応した。長の看病にて疲れも頂点に達しておったただろうし、お腹も空いていらっしゃったことだろう。女性たちが殿の御遺体から離れられた隙に、我らが御遺体を阿弥陀ヶ峰までお連れ申したのであった。」

「空腹を満たし一息入れられた後に、今一度殿の許へと引き返した女性らは、殿の御遺体が消えてなくなっていることに不信を覚え、この治部めを盛んに責め立てられた。そちは我らが食事をしている間に殿の御遺体をどこに隠したのじゃ？ この不忠者めが、とな。それはそれは厳しい詰問にてござりました。」

「…………。」

「これは殿御自身の遺志でございます、と何度申し上げても信じていただけませなんだ。治部の一存で殿を我らから引き離した。殿を我らに返せ、とな。」

「一手に女性たちの詰問をお引き受けいただき、まことに申し訳ないことであったのう、治部殿。」

「何のこれしき。元々この治部めは、嫌われ者にございます。しかしこの期に及んで、我の窮地を助けてくださいましたのは、北政所様にてございました。」

「ほう、北政所様が貴殿の窮状を救ってくださったと言うのか？」

「然り。恐らくは北政所様も、殿の御真意をしかとお聞きになられていたわけではありますまい。淀殿や松の丸殿と同様に我を責められてこそ然るべきと存じますのに、北政所様はこうおっしゃられたのだ。」

「淀殿も松の丸殿も落ち着かれられませ。これは確かに、殿の御遺志にござりましょう。

殿は、そういうお方です。殿は確かに、治部殿らに亡き後の御遺体の扱いを任せられたに相違ありませぬ。殿にはきっと殿としてのお考えがあらせられたのでしょう。」

「北政所様、そうはおっしゃられましても、どこの世の中に亡くなられてすぐに、通夜を営むこともなしに御遺体を埋葬してしまう人がおりましょうか？　どのように考えてみましてもおかしいではありませぬか。合点がいきませぬ。淀は、殿との永遠《とわ》の別れをもっと惜しみとうございました。」

「淀殿はそうおっしゃられて、さめざめとお泣きになられた。本来なら秀吉様の御遺体に取り縋って泣かれるところじゃろうが、御遺体もなく、ただ畳に突っ伏して泣かれておったわ。」

「淀殿のお気持ちは、至極当然でござるなぁ。」

「しかし、北政所様がそのようにおっしゃられたため、淀殿も松の丸殿もこれ以上我を責め立てることもできず、しずしずと御自室へと帰られていかれたわ。」

鎮守社

まだ秀吉逝去の報は公になっていない。

玄以は、阿弥陀ヶ峰の中腹、秀吉の柩を埋めた場所に小さな祠を造った。

周囲の人々には、この地一帯に方広寺の鎮守社を建立すると告げていた。

これで大手を振るって殿の御霊《みたま》をお祀りできますぞ。殿、待っていてくだされ。やがて阿弥陀ヶ峰の麓に、殿を八幡神と仰ぐ立派な社を建立いたしますからな。それまでは、このささやかな祠で我慢してくだされ。

玄以は、秀吉に向かって静かに語りかけた。


秀吉の死は、依然として秘されたままだ。

秀吉の死から半月あまりが経過した後の9月6日、玄以は方広寺鎮守社の建立計画を公に宣言した。

神仏融合思想が主流を占め、神社の中に寺があったり、寺の中に神社があっても少しも不思議に思わなかった時代である。

ましてや方広寺は、秀吉自らの発願により建立され、大きさで奈良の大仏を凌駕する大仏を擁した大寺である。寺に付属する神社として鎮守社を建立することを不審に思う人間はいなかった。

前田玄以自らが作事奉行を務めるという力の入れようである。

11日には、釿始《ちょうなはじ》めの式が催され、社殿の造営工事が本格的に始まった。公にはまだ鎮守社としか公表できないが、この社は秀吉の死が公表されれば、秀吉の神廟として祀られるべきものである。秀吉の生前の偉業を称え、秀吉亡き後も豊臣家の弥栄《いやさか》を人々に印象づけるものでなければならない。

当然のことながら、社殿は最高の技術をもって造られ、彫刻や飾り金具などの装飾品は当代一流の匠によって制作されるべきものである。

玄以は、世の中の名工と言われる職人たちを総動員し、秀吉の神廟となる神殿の造営を挙行した。

15日に催された地鎮祭には、三宝院の義演も呼び出されている。高野山の木食応其上人《もくじきおうごしょうにん》の求めに応じる形で、義演は新社の建立予定地へと赴いたのであった。

義演は懇《ねんご》ろに読経を行い、秀吉への恩に報いようとした。

太閤様にはほんにお世話になり申した。兄が関白の座を譲ったことを後々まで恩義に思ってくださり、弟の我にまで目をかけていただき、我に准三后の位を与えたもうとともに、醍醐寺三宝院の再興に力を尽くされた。

太閤様とは、そういうお人であった。

残念ながら、秋の紅葉狩りも来春の後陽成天皇の行幸も実現すること能わなかったが、醍醐寺の名は末代まで残るだろう。

太閤様は、醍醐寺中興の恩人ぞ。

人並み外れた活力を身体全体に漲らせ、溌剌と自分の夢を語っておられた在りし日のお姿を思い起こし、義演はしみじみとした思いに浸りながら、心を込めて読経を行った。

義演は後に、秀吉の恩に報いるために、三宝院庭園に豊国社から御霊を分祠し、ささやかな祠を建てた。

池の左奥、藤戸石の裏側にひっそりと建つ豊国《ほうこく》大明神がそれである。

秀吉も義に厚い男だったが、義演もまた、義には義をもって報じる熱い人間だったのだ。

二人の似たタイプの人間の、心の交流の秘話である。

豊国社

造営

社殿の造営は、順調に進んでいた。

玄以たちは、社殿の一部に大坂城の建造物を転用することなどにより、社殿の完成を急がせた。

極楽橋の一部を移設したのもその一例である。

極楽橋とは、大坂城の北側にかかる二階建ての廊下橋で、檜皮葺きの入母屋屋根に鳥や花などをあしらった極彩色の透かし彫り彫刻を施した美しい建造物だ。

京方面から大坂城に登城する人たちは、この極楽橋を渡り山里丸を経由して天守に至ることになる。

天守を極楽に喩え、極楽に至るために渡る橋が、まさに極楽橋だったのである。

人々はまず、極楽橋の豪華さに目を奪われる。そしてさらに、それを凌駕するであろう天守に期待を膨らませる。

最後に実物の天守に至り、想像を遥かに超える美しさに度肝を抜かれる。

これぞまさに、秀吉の考案による美の方程式である。

人を驚かせ喜ばせることが大好きだった秀吉が、考えに考え抜いて造らせた趣向が極楽橋に集約されていた。

玄以たちが大坂城の建物の一部を移築したのは、工期の短縮ももちろん目的の一つではあったけれど、秀吉の廟の一部に大坂城の建造物を使用することにより、秀吉に懐かしい大坂の空気に触れてもらいたいとの熱い思いも込められていた。

難波は、秀吉の辞世の歌に詠み込まれた唯一の地名である。

その難波には、愛しい秀頼がいる。

秀頼にまつわる思いを少しでも秀吉に感じていて欲しい。玄以たちのそんな気持ちが、造営されつつある新しい社には込められていた。

公表

秀吉が亡くなってからちょうど4ヶ月目に当たる12月18日、徳川家康は造営中の方広寺鎮守社の社殿の前に在京の諸大名やその家臣たちを呼び集めた。

こんな時期にこんな場所で、いったい何事か? 訝しがる参集者たちに対して、家康の口から衝撃的な事実が公表された。

「師走の御多忙中の折、このような場所に御参集いただき、まことに忝い。本日は、重大な知らせを二つ、ここにお集まりの皆々様にお伝えせねばならぬ。」

家康がきり出した話に、人々はざわめき立った。

「実は、兼ねてから病気療養中であらせられた太閤様が、御他界あそばされた」。

秀吉が亡くなったという事実を知らされて、一同は初めにどよめき、その後、沈黙した。

秀吉に対しては皆、それぞれの想いがあった。

朝鮮侵攻をはじめとして、秀吉の理不尽とも思える命令に煮え湯を飲まされた大名も少なくない。秀吉の死により、次第に悪化している今のこの戦況にどのような影響が生じるのか、計り兼ねての沈黙であった。

秀吉恩顧の大名たちの中には、この事実を薄々知っている者もいたが、こうして改めて秀吉の死が公のものになると、しみじみとした感慨が込み上げてくる。

秀吉に対する哀惜の念がフツフツと湧き上がっていく。それと同時に、秀吉という強力な後ろ盾がいなくなった今、今後の我が身のことが堪らなく不安になってくる。

そもそも、五大老の一人に過ぎぬ家康が、さも後継者然として今日のこの催しを取り仕きっていることも、彼らにとっては不満であり不安なことでもあった。

家康は、秀吉の死を告げた後に、それぞれの武将たちの表情をじっくりと観察した。誰が味方になってくれて、誰が敵となるかを見定めるかのように、鋭い眼光で一人一人の顔を見ていった。

そして頃合いを見ながら、次の言葉を継ぎ足した。

新八幡

「そしてもう一つの知らすべきこととは、本日より秀吉様は新八幡《いまはちまん》様となられるということである。」

沈黙が破られ、再び人々の間からざわめきが起こった。

「秀吉様が神になられたというのか?」

その中の誰かが問うた。

「その通りじゃ。今、我らが立っている場所こそが、新八幡宮の神殿となるべきところであるぞ。秀吉様の御霊《みたま》は、この八幡宮に宿られることになる。秀吉様は、この神廟から我らのことを護りたもうのじゃ。これからは、何事も新八幡様に祈るがよい。」

家康の言葉に、一同は力強く頷いた。

秀吉が死して神になったという噂は、瞬く間に京の街に拡がった。

さすがは太閤様よ。亡くなられた後も、神となって我らを護ってくださるとは。まったく、ほんにありがたいことよ。

秀吉の死は誰もにとってショッキングな知らせであったが、死して神になったということで、言わば秀吉に永遠の命が与えられたことになる。

人々の驚きと悲しみは、やがて安堵の気持ちへと変わっていった。

方広寺の鎮守社は、その日から新八幡社と呼び名が変えられ、まだ完成前の状態でありながら多くの参拝者で賑わった。

秀吉が神となって宿る社を一目見たい。庶民の秀吉人気は、一種のブームになったこともあるけれど、絶大なるものだった。

家康にとってこの現象は、想定外のことだった。

晩年の愚行や蛮行により、秀吉人気は地に落ちたものと思っていたのだが、どうしてこれはなかなか厄介なことになったと思った。

秀吉を神として祀る主宰者としての自分の姿を周囲に強く印象づけて、秀吉の後継者が家康であるとの既成事実を作り上げようとしていたのだが、想定以上の秀吉人気に、家康は危険を感じた。

残念ながらこのおれには、秀吉ほどの人気も人望もない。このままの流れを許していると、家康の存在感が秀吉人気に呑み込まれてしまう。

どうにかして、この流れを食い止めなければならない。家康は焦る気持ちを必死に抑えながら、努めて冷静を装い、この先の方策の軌道修正をしなければならないと考えを巡らせていた。

豊国大明神

そんな家康の画策をよそに、新八幡社の創建に今一つの大きな障害が立ちはだかった。それは、朝廷の存在だった。

玄以たちは、秀吉を八幡神として祀る新八幡社建立の勅許を朝廷に求めていた。それに対して、死んだばかりの人間が何の神的霊力の発現もないままに神として祀られることに対して違和感を感じる、と異議を表明してきたのである。

玄以は、舌打ちした。

朝廷とは努めて良好な関係を築いてきたつもりでいたからだ。よもやこの期に及んで、朝廷から異議が唱えられるとは、想像だにしていなかった。

つめが甘かったかのう。

朝廷の真意が那辺にあるのか、最初のうち玄以には皆目見当がつかなかった。何回かの折衝を続けていくうちに朧げながら見えてきたことは、天皇は秀吉が八幡神になろうとしていることを禁忌しているのではないか、ということだった。

八幡神を祀る石清水八幡宮は、清和天皇によって社殿が建立されたという創建の歴史を持つ、皇室所縁の神社である。

京の都の鬼門を守護する比叡山延暦寺と並んで、裏鬼門を守護するという重要な役割を担っているのが、石清水八幡宮であった。従って後陽成天皇の信任も非常に厚い。

神としては何の実績もない秀吉が、よりによって皇室に所縁の深い八幡神と同じ存在になるということに対して天皇が不快感を示されたのは、ある意味自然の成り行きだったのではあるまいか。

「陛下は、秀吉様が新八幡神となられることをお許しになられないとおっしゃられているのですね?」

「その通りじゃ。」

「では、八幡神でない他の神であれば、陛下も御了承いただけると思うてよいか?」

「それであれば、まぁよかろうと存ずる。」

「あいわかり申した。」

この時、玄以の頭に吉田兼見の顔が浮かんだ。兼見に相談すれば、きっといい知恵を与えてくれるであろう。

御所を後にした玄以は、その足で吉田山の西麓にある吉田神社に向かった。

「兼見殿、急な訪問でまことに忝い。この玄以、折り入って相談があり、そちに会いに罷りこした次第じゃ。」

「突然の御来訪とは、また如何なることにございましょうか? ま、それは後ほどゆるりとお聞きするとして、秀吉様、いや、新八幡様はえらい人気とお聞き申しております。まことにめでたきことと、お慶び申し上げまする。」

「いや、それがじゃな、ちとまずいことになってしもうてな……。」

玄以は、つい今しがた御所で行われた会談の模様をかいつまんで兼見に伝えた。

「なるほど、帝は八幡神以外の神になれとの仰せにございますな?」

「できるか、兼見?」

「玄以様、あまり性急になられますな。まぁ落ち着いてくだされませ。」

「これが落ち着いてなどいれるものか。秀吉様の御遺言は何としてでも実現せねばならぬ。万一勅許が下りないとなればすべてはわしの落ち度となり、秀吉様の御霊に対して何と申し開きをすればよいか、わしは不安で不安でならぬのじゃ。」

「然らば、吉田神道の教えに基づいて神を新たにお作りいたしましょう。」

「そちは神を作るなどと言うが、そんなことが簡単にできるのか？」

「可能にございます。生前にあれだけの徳を重ねてまいられました太閤様のことですから、新たな神となられることはそれほど難しいことではございますまい。」

「本当か？」

「はい、本当にございます。ただし、吉田神道の流儀に基づきます神は、八幡神ではなく明神になりまする。よろしいかな？」

「八幡神と明神がどう違うのかわしには皆目わからぬが、神であるのであれば明神であろうと一向に構わぬわ。」

「わかり申した。では、神のお名を何といたしましょうか？」

「何、神の名をこちらで決めることができると言うのか？」

「左様にございます。人々が敬う神威のあるお名がよろしいかと存じ上げます。」

「そうじゃのう。一度聞いただけですぐに秀吉様のことを思い浮かべることができるお名がよいのう。秀吉明神ではそのものズバリで芸がないし、豊臣明神の方がまだよいかのう？」

「豊臣明神も、直接的過ぎますな。それでは、一文字だけ変えて、豊国《とよくに》明神としては如何でしょうか?」

「豊国明神か。おお、それはよい名じゃ。豊の国とはまさに豊臣の国じゃ。皆の者は容易に秀吉様のことを思い浮かべるであろう。一方、豊国とは豊かな国のことでもある。この日の本の国が豊かで実り多き国となることをも意味しておる。」

「まことに、左様にございます。」

「しかし豊国明神ではまだどこか印象が弱いような気がする。もう少し強い衝撃を与えられるようにはならんかのう?」

「では、明神に大の字をつけて、豊国大明神《とよくにだいみょうじん》とされては如何でしょうか?」

「おぉ、大明神か。それはよい。霊験あらたかな響きじゃ。それでは、豊国大明神とお呼びすることにしよう。」

「わかり申した。秀吉様は豊国大明神として崇め奉り、豊国大明神を祀る社は豊国社と命名いたしましょう。」

「やはりそちに相談してよかったぞ。思いもよらぬ朝廷の反対に遭い頓挫しかけていた秀吉様の御遺志実現の道が、そちのお陰でまた拓けたわ。」

「それほどのことではござらぬ。この後は、吉田神道の流儀に従い、豊国社の創建を進めていただきとうございます。」

「あいわかった。何事も、そちの指図に従うことにしよう。」

「よろしくお願い申し上げまする。」

「ところで兼見、一つだけ合点がいかぬことがあるのじゃが。」

「いったいどのようなことにございましょう?」

「すでに我々は、造営中の神社を新八幡社として世に拡めてしもうておる。今更、あれは新八幡社ではのうて豊国社だと言うて、世間を納得させることができようか?」

「それであれば、天皇家の力をお借りなされるのがよろしゅうございましょう。」

「何、天皇家の力をお借りするとは、いったいどういうことじゃ?」

「いずれにせよ神号は天皇家から拝領するものです。秀吉様の神号である豊国大明神という御名を後陽成天皇より拝領し、そのための盛大な儀式を執り行うことで周囲への周知を図るのです。」

「しかし兼見、新八幡を名乗ることを忌避された天皇家から、果たして勅許が下りようか?」

「天皇家は、秀吉様が新八幡と称されて日本古来の神々の列に加わられることを嫌われたのでございましょう。新たに創設された神となれば話は別。交渉次第で勅許は得られるものと考えられます。」

「そういうものだろうか?」

「私にお任せくだされ。」

「あいわかった。すべてはそちに任せることにしよう。礼は思いに任すぞ」

「金銭の礼はいりませぬ。ただ、もしお聞き届けいただけるものであれば、弟の神龍院《しんりゅういん》梵舜《ぼんしゅん》を豊国社の社僧に、倅の吉田兼治めを宮司として使っていただくことが、兼見の願いにございます。」

「お安いことじゃ。豊国社の運営は、すべてそちに任せるによって、好きなようにするがよい。」

「ありがたき幸せにございます。」

宣命

兼見が言ったように、社名変更に伴う混乱は起こらなかった。後陽成天皇は正一位豊国大明神の神階と神号とを内諾された。

建造中だった豊国社の社殿が完成し、慶長4年（1599）4月16日から8日間に亘り、正遷宮祭が盛大に執り行われた。

祥雲寺脇の二層の楼門を潜ると、豊国馬場と呼ばれる長い参道が阿弥陀ヶ峰に向かって真っ直ぐに伸びている。

参道の両脇には、石田三成や黒田孝高、前田玄以、長束正家など秀吉の重臣たちの殿舎が軒を連ね並んでいた。

緩やかな上り坂となっている参道を登りきった突き当たりには中門が建ち、門の左右を朱塗りの柱に白壁が眩い回廊が巡らされている。回廊の長さは東西に46間（約84ｍ）、南北に59間（約１０７ｍ）というから、その壮大さを窺い知ることができる。

神域内には、本殿の他、舞殿、神宝殿、神供所、護摩堂、鐘楼、鼓楼などの諸堂が建ち並び、どの建物も朱漆が塗り込まれ、彩色された透かし彫りの花や鳥や獣たちの彫刻が施されている。金色に光り輝く透かし彫りの飾り金具が陽の光を浴びて煌めき、この世のものとは思われないほどに美しく煌びやかな建造物群であった。

4月18日、宮中から後陽成天皇の名代が恭《うやうや》しく贈豊国大明神の宣命《せんみょう》を読み上げた。


兵威を異域《とつくに》の外に振ひ、恩沢を卒土の間に施す、善を行ふこと敦《あつ》くして徳顕《あらは》る、身既に没して名存せり、其の霊《みたま》を崇《たうと》びて城《みやこ》の東南に大宮柱《おおみやはしら》広しき立て、吉日良辰《よきひよきとき》を択《えら》び定めて豊国の大明神と上《のぼ》せ給ひ治め賜ふ、此の状《さま》を平らけく安らけく聞食して、霊験《みしるし》新たに天皇朝廷《すめらみかど》を宝位《あまつひつぎ》動くこと無く、常磐堅磐《ときはかきは》に夜守日守《よのまもりひのまもり》に護《まも》り幸《さきは》ひ給ひて、天下昇平《あめがしたむくさか》

に海内《くぬち》静謐《おだひ》に護《まも》り恤《めぐ》み賜へと恐《かしこ》み恐みも申し賜はく

ここに、正式に天皇家から賜った正一位豊国大明神としての豊国社の神格が確定したのであった。以後、新八幡社は豊国社として人々の信仰を集めるところとなる。人々は新八幡社という名称よりも、むしろより秀吉のことを身近に感じられる豊国社という社名の方を、好感をもって迎え入れた。

何しろ、豊国社は秀吉の墓とセットになっているのである。

姿を現すことがなく、本当にいるのかいないのかわからない他の神社の神々と違って、神殿の裏側の山の中腹には本物の秀吉の遺骸が葬られているのだ。こんなに確かでありがたい神は他にいない。

晩年の蛮行のイメージは次第に人々の記憶から消え去っていき、家康が恐れた通り、出世神としての秀吉人気が爆発的に人々の間に拡がっていったのであった。

正遷宮祭は、18日の豊国大明神鎮座の儀をメインとして、その後も厳かに続けられた。

翌19日には7歳になる秀頼の名代として徳川家康が参拝し、神前への奉幣の儀を務めた。

境内の舞殿では連日、万歳楽や太平楽、それに陵王や納曽利などの伶人舞楽が奏せられ、金春、観世、宝生、金剛の能楽4座が神事能を奉納するなど、新しい神の誕生を祝う寿いだ雰囲気の日々が続いた。

老いも若きも、男も女も、貴族も庶民も、あらゆる階層の人々が豊国社を一目見ようと集まり、広い境内にも拘らず押しもやらぬ盛況振りであった。

槌音

大義名分

関ヶ原の戦いにおいて石田三成率いる西軍を破り江戸幕府を開いた徳川家康は、最近しきりに秀吉のことを考えている。

見え透いたことを敢えて承知でやることができた秀吉のことを、家康は内心軽蔑していたし、心底から好きになることができなかった。

おれには、あんな下卑た芸当はとてもできぬ。家康には家康の矜恃があった。秀吉のように形振り構わず主君に迎合することを潔しとは思わなかった。

しかし秀吉は、明らかに家康にはない何かを持っている男だった。悔しいが、家康もこのことだけは認めないわけにはいかない。

秀吉は戦上手で、調略や水攻めなどにより、多くの人命を失わずに勝つ戦略を常に考えていた。思いもしない方法により相手の意表を衝く知恵にも長けていた。

力づくで勝つのではなく知恵と工夫とで勝つのが、秀吉一流の戦い方であった。

しかし秀吉は、主君への迎合と戦上手だけで出世してきた男ではなかった。

秀吉の神髄はむしろ、武将としての戦績ではなく、為政者としての政策にあったと言った方がいいかもしれない。

秀吉が石田三成らとともに目指していた世の中とは、武士が中心となる強力な中央集権国家の確立だった。

同じ武士でも、農村を拠点とし武士と農民との中間のような存在の人間を排除し、武士は町に、農民は農村に分かれて住む世界を作り上げようとした。

武士が仲間である武士を追い落とすという徹底したやり方が一部の武士たちの反感を買い、そうしたことが関ヶ原の戦いでおれが勝利する一つの原動力になったのではあるが、秀吉が目指そうとした国家造りの骨格はけっして間違ってはいない。

秀吉の国家造りは理想を求め過ぎたとも言える。

おれは秀吉ほど純粋な男ではない。もっと冷静に、もっとしたたかに、この徳川家康らしい新しい国家の建設を目指すのだ。

秀吉の失敗から、江戸幕府においては諸侯をより重視する緩やかな中央集権国家の構築を目指すつもりであるが、武士と農民の身分を峻別し住む区画を分けるなど基本的な考え方は秀吉のそれを踏襲するつもりだ。

悔しいが、秀吉の考え方は間違っていない。秀吉は、戦国の世に別れを告げ、新たな社会の枠組みを作ろうとしたのだった。

おれは柔軟な考え方を持ったしたたかな人間だ。理があり利を伴うとあれば、たとえ敵方の政策であってもそれを選択することに躊躇はしない。しかしそれにしても、あまりに政策が似過ぎている。この家康が豊臣に代わって天下を獲ることの大義名分が見出せないのだ。

家康は、悩んでいた。

天海

「家康様、関ヶ原の合戦の勝利、まことにおめでとうございます。」

天海は、それがさも当然と言わんばかりに落ち着き払ってそう言った。

天海は、家康が最も信を置いている天台宗の僧である。

三浦氏の一族である盧名《あしな》氏の出身で、陸奥国に生まれた。その後、下野国宇都宮の粉河寺、近江国比叡山延暦寺や園城寺（三井寺）、大和国興福寺などの諸寺を経て、さらに甲斐国、上野国などの諸国を遍歴した後、関ヶ原の戦い前年の慶長４年（１５９９）には武蔵国川越の無量寿寺北院の第27世住職となり、寺号を今の喜多院と改めている。

諸国を渡り歩く中で時代を見抜く卓越した眼力と交渉術とを身につけ、参謀的存在として家康の深い信任を得るに至っていた。

「いやいや、僅か1日で決着がついたものの、最初のうちは三成めに押されっ放しで、なかなか危ない戦《いくさ》であったことよ。」

「途中の過程がどうあれ、最後に勝利を収めた者が、勝者として歴史に名を残すものにございます。」

「それはそうじゃが、ほんに勝敗は紙一重であったのう。ところで、本日そちを呼んだは、この後のおれの身の処し方について、そちの意見を聞きたかったのじゃ。」

「恐れながら、上様の目指す新しい世の中とは、どのような世にてございましょうか?」

「さすがは天海、おれが悩んでいるのは、まさにそのことなのじゃ。突きつめて考えていくと、おれが目指す新しい世の中は、秀吉が目指していた世界とさほど変わりがないものになってしまうのだ。」

「そうでございましょう。秀吉が行おうとしていた政策は、外交を除いてまことに当を得たものにございました。恐らくは、これ以上の策などございますまい。」

「それでは徳川家康の色が出ない。後の世の人に、家康は秀吉の二番煎じと揶揄されよう。」

「秀吉の二番煎じでよいではござらぬか。よいものは、よい。上様は常々、たとえ敵方の政策であっても、よい考えであれば躊躇なく御採用あそばされてきたではございませんか。」

「それはそうなのだが、事が政治の根本に関わる問題であるだけに、これでよいのかと堪らなく不安になるのだ。」

「上様の御判断は間違っておりませぬ。秀吉の敷いた路線を継承していくことこそが最上の策でありましょう。要は、上様の政治を秀吉の二番煎じと言わせなければよいのです。」

「そんなことが、できようか？」

「できまする。そのためには、人々の頭から豊臣の記憶を徹底的に消し去ることでございます。豊臣の記憶を消し去ることにより、豊臣が始めた政治ではなく、上様が始められた政治にしてしまえばよいのです。」

「関ヶ原の戦いに勝ったとはいえ、大坂には秀頼がおるし、死してなお秀吉の人気は強烈じゃ。とても人々の記憶から豊臣の色を消し去ることなどできそうにもないわい。」

「随分と気弱でございますな。さすがの家康様でも、確かに一時《ひととき》にそれを行うは難しゅうございましょう。順を追うて、一つずつ豊臣の色を消していくのです。」

「順を追って一つずつか？」

「はい。まずは手始めに、秀吉の神格を消していくことからお始めなされ。本願寺から豊国廟にかけての一帯は、今では豊臣家の聖域となっております。この流れを断ちきることによって、できる限り豊国社を孤立させるのです。そして最後に、豊国社と豊国廟を叩き潰す。」

「ほう。豊国社と豊国廟をな。」

「続いて、大坂にいる秀頼を滅ぼすがよろしかろうと存じます。」

「秀頼を殺めよとまで言うのか？　確かに秀頼は目の上の瘤であるが、何の名目もないままに討つことはできまい。それこそ、世の謗りを受けるだろう。」

「名目など、何でもよろしかろう。その気になれば、如何様にでも理屈は立てられましょう。秀頼は生かしておいてはなりませぬ。豊臣の記憶を徹底的に消し去るためには、秀頼の命を断つことが絶対条件になりますぞ。こうして一つずつ豊臣の色を消し去っていけば、愚かな一般庶民たちはやがて、豊臣のことを忘れていくことでしょう。焦ってはなりませぬ。手を緩めてもなりませぬ。一つ一つの破壊を手心を加えることなく確実に実行していくのです。」

「さすがは天海じゃ。おれ一人ではそこまでの考えは思い浮かばなんだ。そちはまことに、恐ろしい男よのう。」

「それともう一つ、上様がなされなければならないことがあります。」

「もう一つじゃと？」

「はい。もう一つ。それは、失礼ながら、上様が亡くなられた後のことにございます。」

「天海は早くもこのおれを殺そうとしているのだな？　まことに恐ろしい男よ。」

「滅相もございませぬ。上様には今後もずっと御健在であっていただかなければなりませぬ。ただ、徳川家の末長い繁栄のために、上様には今から上様亡き後の世のことも考えておいていただかなければならぬのです。」

「そんなものであろうか？　それで、おれの死後におれは何をしなければならぬのだ？　そもそも、死んでしまえばそれまでのこと、死後にできることなどなかろう。」

「まずは生前に、やらなければならないことがありまする。」

「いったい、何じゃ？」

「朝廷に働きかけて、一刻も早く幕府を開くことです。」

「そのことならおれも考えておるわ。豊臣ではなくこの徳川が武家の棟梁であることを天下に示すには、征夷大将軍を拝命する道が最も確かな道であることよ。」

「その通りでございます。まずは、征夷大将軍の宣下を一刻も早くに受けることにございます。幸いにして上様は源氏の出。秀吉と違って容易に朝廷から征夷大将軍の宣下を受けることができましょう。そしてそれが叶った後、なるべく早い時期に将軍の座を秀忠様にお譲りくだされ。」

「おれはまだ将軍の座についてもいないのだぞ。やっとの思いで将軍の座を掴んだとしても、すぐにそれを手放せと言うのか?」

「左様にございます。秀頼は、殿が将軍の座につかれたとしてもそれは一時の方便であり、やがて秀頼がひとかどの年齢に達すれば将軍の座は秀頼に譲られるものと思うておりましょう。」

「将軍の座を秀頼になど譲れるものか。」

「もっともにてございます。しかし人間というものは常に自分に都合のいいように解釈をするものです。早い時期に秀忠様に将軍の座をお譲りになられることにより、今後も将軍職は代々徳川が引き継いでいくということを明確にお示しするべきにてございます。」

「そういうことであれば、やむを得ないのう。まだ頼りないところがあるが、秀忠に将軍の座を譲ることとしよう。」

「ありがとう存じます。そして、その後のことが肝心でございます。亡くなられた後に、上様にも神になっていただきとうございます。」

「なに、このおれが神になると言うのか?」

「左様にございます。」

「それではますます、秀吉の物真似ではないか。」

「やはり秀吉は恐ろしい男にございました。人間が死後に神になるなどという発想は、並大抵の人間には思いつきますまい。この一事だけは、物真似と言われようと二番煎じと言われようと、上様にも必ず実行していただかなければならぬことにございます。」

天海は、さらにあっと驚くようなことを口にした。

「上様は、秀吉のように死後は神になられ、日光に鎮座されますように。」

「何？　日光だと？　日光とはどこぞにあるのだ？」

「江戸の真北、25里の遠方にございます。」

「そんな遠くにあるのか？　どうしてそんなに遠くに行かねばならぬのじゃ？」

「上様は北斗星になられるのです。他の星が時間や季節によって刻々と位置を変えていくのに対し、北斗星はいつ如何なる時にもその位置を変えませぬ。すべての星々は北斗星を中心に天空を回っておりまする。上様は、天の中心におられ、遥かな遠い空の上から江戸の街を見下ろされ、守護されるのでございます。上様の廟所が江戸の街中《まちなか》や近郊にあったのでは、ありがた味がありませぬ。」

「よくわからぬが、京にあって人々に親しまれている秀吉の墓に比べると、日光はあまりにも遠過ぎるのではないか？　それでは誰もおれの墓参になどまいらぬであろう。」

「上様の廟所まで続く立派な道を造りましょう。伊勢参りのごとく、人々は上様の廟所を訪ねる旅をすることでしょう。遠くにあり苦労を重ねて辿り着くことで、ありがたさも一塩となるのでございます。」

「そちの言いたいことはわかったが、おれはどのようにして神になればよいのだ?」

「それこそ、秀吉の先例がありまする。詳しくは、吉田神道の流儀に従えばよろしかろう。拙僧は仏門の人間ゆえ詳細は了知いたしておりませぬ。吉田兼見を呼び寄せて御下問なさるがよろしかろう。」

分断

家康は天海の進言を入れ、豊国社を分断する計画を早速実行に移し始めた。

阿弥陀ヶ峰の麓に拡がる広大な一帯には、西から東に本願寺、方広寺、祥雲寺、豊国神社、豊国廟と、豊臣家に所縁《ゆかり》の深い社寺や建造物がほぼ一つの直線上に並んで建てられている。

もちろんこれは偶然ではなく、豊臣家の繁栄振りを人々に印象づけるため秀吉が生前から計画的に造り上げてきたものである。

その豊臣家の聖地に風穴を開け、流れを断ちきる必要があった。

関ヶ原の戦いの翌年の慶長6年(1601)、祥雲寺に隣接する豊国社の社領を家康は根来山の塔頭である智積院の僧玄宥《げんゆう》に与えた。

根来寺は、秀吉と対立し秀吉に反旗を翻したために、秀吉から弾圧を受けてきた寺である。豊臣家の聖地の一角に豊臣家と敵対関係にあった寺の塔頭を入れることの意図は、改めて言うまでもないことだ。

まさに、楔《くさび》である。

智積院はその後も寺領の拡大を続け、大阪夏の陣で豊臣氏が滅亡した後の元和元年（1615）には祥雲寺を接収して広大な寺領を獲得し、根来に所縁の山号を使用して五百佛山根来寺智積院と称するようになった。

現在も智積院に伝わる国宝の障壁画は長谷川等伯一派の手になる傑作であり、元々は接収された祥雲寺の客殿を飾るものであった。

続いて家康の攻撃の目は、本願寺に向けられた。

同じく慶長6年、家康は本願寺を2つに分裂させて、既存の本願寺の東側に新たな本願寺を建立した。俗に、東本願寺と呼ばれる寺である。

本願寺の分割は、本願寺の勢力が大きくなり過ぎたため、これを2つに分割したものと言われている。もちろんそれも理由の一つには違いないが、本願寺分割の裏にはもう一つの意図が隠されていた。

それは、豊臣に所縁のある本願寺に対して徳川の本願寺である東本願寺を割り込ませ、本願寺—阿弥陀ヶ峰ラインの分断を図ることであったのだ。

さらに慶長7年（1602）11月には、方広寺大仏殿が火災により焼失するという事件が起こった。

方広寺は数奇な運命を辿っている寺である。

秀吉の発願により造営が始められ、文禄4年（1595）に完成を見ている。東大寺大仏よりも大きな6丈3尺（19m）の漆箔の木造坐像を安置した壮大なスケールを誇るものであったが、完成の翌年（文禄5年（1596）閏7月13日）に起こった慶長伏見地震によって大仏が倒壊してしまったのである。

大仏再建は結局秀吉の生存中には間に合わなかった。秀吉の遺志を継いだ秀頼が銅製の大仏を鋳造している最中に起こったのが、この火災であった。

事故により鋳造中の銅が流出し、その熱で周囲の大仏殿から火が出たものである。家康は自らの手を汚すことなく、勝手に方広寺の方から崩れ去っていったことになる。

方広寺は、秀吉が特別な思いを込めて建立した寺であった。

「ほうこうじ」という音《おん》には、「豊公《ほうこう》」という意味が潜んでいる。豊公（＝秀吉）の寺だからこそ、日本一の大仏が相応しかったのである。

その方広寺大仏殿が焼けてなくなった。

これで労せずして豊国社を孤立させる作戦がまた一歩前進したことになる。家康は、思わずニヤリとほくそ笑んだ。


順調に事が運んでいるかに見えた家康であったが、家康は家康で、神となった秀吉の神格をもっと急いで破壊しなければならないと思い焦っていた。豊国社と豊国大明神の人気は、家康の豊国社分断策の甲斐もなく加熱する一方だったからである。

天海が言う通りに家康は、一つずつ豊臣の色を消すべく確実に手を打ってきている。しかしそれを上回るスピードで豊国大明神の人気が急上昇しているのであった。

このままの状態が続けば、おれは永遠に神になれない。

何としても早く豊国社を叩き潰しておかなければ、おれは秀吉の後塵を拝する存在に成り下がってしまうだろう。家康は焦っていた。

秀吉とおれと、二柱の神が同時に存在していたなら、人々は秀吉の神をより崇めるに違いない。

なぜなら、おれは秀吉に比べて人気がないからだ。

百姓から立身出世して太閤となった秀吉には、庶民が羨む夢がある。秀吉にあやかり自分も出世したいと思う願いは、人であれば誰もが普通に持ち合わせている願望だ。豊国社に詣でて豊国大明神の前で祈れば、あらたかなご利益が得られるかもしれないと思うのは、自然な人間感情であると思う。

一方のおれはどうだろうか？

豊臣家の天下を横取りしたような暗いイメージが常につきまとっている。庶民から尊敬され羨望の的となる存在からはほど遠いではないか。

七回忌大法要

そんな家康の危惧をさらに増大させる出来事が起こった。

慶長9年（1604）8月12日から19日までの8日間に亘り豊国社で開催された、秀吉七回忌の臨時大法要である。

仕かけたのは、豊国社の運営一切を任されていた吉田兼見と、兼見の弟で今では別当の職にある神龍院梵舜、それに秀吉の遺臣である片桐且元の3人であった。

彼らは彼らで、豊臣家の将来を懸念していた。

関ヶ原の戦いの後、豊臣家の所領は摂津、河内、和泉三国の65万石へと大幅に縮小され、一大名の立場に追い落とされていた。

慶長7年（1602）には、方広寺大仏殿が火災により焼失するという事件が起き、心理的にも豊臣家に暗雲が垂れ込めていた。

一方の家康は、慶長8年（1603）に征夷大将軍に任じられ、武家の棟梁としての道を確固たるものにするとともに、天下普請により二条城や彦根城などの築城を開始し武力増強にも力を入れている。

このままでは豊臣家の将来は危ういものになる。

3人は秘策を練り、伏見城にいる家康の許を訪ね、この七回忌臨時祭催行の許可を取りつけることに成功した。

この時の彼らの説明によると、一番手として狩衣姿の神職が馬30匹に乗って先導し、その後に10人の田楽衆が続き、さらに三番手として上京・下京の町人たちが花笠を作り鉾に乗って参列するという程度の、極めて限定的なものだった。

この程度の催しであれば問題はなかろうと、家康は安易な気持ちで七回忌臨時祭の催行を許可した。

ところが実際に行われた祭礼は彼らの説明とは異なり、京の町衆を総動員してのたいへんに盛大なものであった。

中でも14日に行われた神官馬揃えと能楽4座による新作能の奉納、続く翌15日に行われた風流《ふりゅう》踊りの大乱舞は圧巻だった。

神官馬揃えは、天正9年（1581）に正親町天皇の下で信長が行った馬揃えを彷彿させるがごとく、実に華やかで雅やかな行列だった。

列の先頭には高さ2mもある金の御幣と金の榊とを捧げ持った雑色が立ち、その後を風《かざ》折烏帽子《おりえぼし》姿の100人の浄衣《じょうえ》の者が続いていく。

そしてその後に控えるのが、狩衣に金襴指貫《きんらんさしぬき》の装束に身を包んだ200人もの神官たちであった。彼らは、諸大名から提供された馬に乗り、威儀を整え堂々と京の市中を練り歩いていった。

建仁寺山門前を出発し豊国社門前の長い参道に達した一行は、二列に整列し直してしずしずとなだらかな坂道を進んでいく。そして神廟入口となる中門の前で、天下泰平、国土安全、武運長久を願う願文を奏上した。

一大名に成り下がったとはいえ、豊臣家の実力を天下に見せつけるのには十分に豪華で華やかな行列であった。人々は、在りし日の秀吉の姿を頭に思い浮かべ、そのありがたさに涙した。

参道入口の楼門前には臨時に舞台が設えられ、田楽衆が田楽踊りを披露した後、能楽4座による新作能が演じられた。

この日に上演された、金春流「橘」、観世流「武王」、宝生流「太子」、金剛流「孫思邈《そんしばく》」という4曲の新作能は、能楽好きだった秀吉のために特別に創作されたものであった。

囃子方が奏でる太鼓や鼓などの音が天地に響き渡り、社壇が振動するほどの盛況であったと言われている。

その翌日には大々的な風流踊りの集団がどこからともなく現れ、京の街が踊りと興奮の坩堝と化した。

風流《ふりゅう》傘を押しいただいた百人ほどの舞踊集団が町毎に組成され、「小川組」、「西陣組」、「六丁町組」などと町名が書かれた大うちわを掲げながら乱舞を繰り返した。

踊りの輪は、孔雀の羽などで装飾された風流傘を中心に、見物客を次々と巻き込みながら、二重、三重の輪となって拡がっていく。

大きな踊りの輪が都大路のあちこちに出現し、人々は踊り狂い、歌い狂っては在りし日の秀吉のことを偲んだ。

もちろん、踊り狂っている大衆たちが直接秀吉と接したことなどあり得ない。それなのに誰もが、秀吉の思い出や事績をさも自分が見てきたことのように語り合っていた。秀吉が亡くなり時間が経過していくに従い、秀吉自身もだが秀吉の行った業績もが神格化してきている。

自分に直接降りかかった災難でない限りは、悪いことは忘れ去り、昔のよかった時代のことのみが思い出として記憶に残るのが、人間の心理というものだ。

こうして我らが平和に暮らしていけるのも、皆太閤様のお陰よ。

皆は口々に秀吉への感謝の言葉を唱えた。

本当は、今の平和な世の中が維持されているのは、江戸幕府を開いて日本の国の秩序を支配している家康の力によるものであるのだが、皆はそうは思っていない。

この予測していなかった事態を最も禍々しく見ていたのは、当の家康だった。

兼見や旦元めに見事に一杯喰わされたわ。このような祭りになることがわかっておれば、到底許可など下さなかったものを。家康は自分の見通しの甘さを腹立たしく思った。

このままではおれの地位が危うくなる。いいところは皆、あの秀吉に持っていかれるだけではないか。死してなお、秀吉は我が眼前に立ちはだかるというのか?

家康は触れを出して、風紀が乱れることを口実として秀吉の周年忌を行うことに大幅な制限を加えた。

口実

反秀吉派の智積院を楔の寺として祥雲寺の隣に移転させるなどして豊国社の孤立化を図り、秀吉の周年忌の開催に制約を加えることにより豊国大明神人気に歯止めをかけようとした家康であったが、圧倒的な庶民による秀吉信仰の高まりを前に、如何ともすることができなかった。

これ以上力づくで豊国社に打撃を加えることは、かえって家康自身への批判を増大させることになりかねず、得策ではない。

家康は、時を待たなければならなかった。

何のこれしき。信長の時代からじっと忍の一字でここまで自重し耐えてきた身ではないか。その時が来るまで待つことに何の不都合があるものか。それにその時は、もう目の前に迫っておるわ。

その時とはもちろん、豊臣家滅亡の時のことである。

関ヶ原の戦いで家康率いる東軍が勝利し徳川幕府が開かれた後も、大坂城に秀頼と淀殿がいる限りは、家康は完全には天下の覇者として世に認められていなかった。まだ開いたばかりの柔らかい体制の江戸幕府にとって、今の豊臣人気は命取りになりかねない由々しき事態であった。

政治家は常に世論や民衆の支持を気にするものだ。

家康は、後顧の愁いを残さないために豊臣家を根絶する決意を固めた。

しかし、口実がない。

秀頼を攻め、死に追いやるためには、大義名分がなければならない。しかし今の豊臣家にそれほどの落ち度があるわけでもなく、さすがの家康といえどもこの状態で秀頼に戦を仕かけることには憚りがあった。

困り果てていた家康の許に朗報がもたらされた。それが、方広寺の鐘の銘文である。この鐘の銘文に目をつけたのは、天海とともに家康が最も信頼を寄せていた僧である金地院崇伝であった。

崇伝は、一色秀勝の子として永禄12年（1569）に京都で生まれた。南禅寺で修業を積み、慶長10年（1605）には第270世住職についている。名声を聞いた家康が慶長13年(1608)に駿府に招聘し、主に外交面で家康の懐刀として使用していた人物である。僧侶でありながら深く政治に関与したことから、天海とともに黒衣《こくえ》の宰相と呼ばれている。

崇伝は、鐘の銘に刻まれていた

国家安康　君臣豊楽

の八字が、家康の名前を斬り裂いて分断させ君主である豊臣が栄えて楽しむ、という意味が込められているものであるとの言いがかりをつけ、家康が大坂城を攻撃する口実とした。大坂冬の陣の始まりである。

冬の陣、夏の陣の二度の戦いを経て、ついに豊臣家はここに滅亡した。

大坂城の天守の北側、極楽橋へと通ずる山里丸という曲輪の一角で、秀頼と淀殿らは自害して果てた。

山里丸には今、二人が自刃した場所であることを示す石碑がひっそりと建てられている。しかしメインストリートから外れたところに建てられた石碑に気づく人は稀で、400年前にこの場所で起こった悲劇のことなど知る由もなく、和やかに談笑しながら山里丸を通り過ぎていく人々の姿を見るのが、つらい。

思えば醍醐の花見から僅かに17年。世の変遷の流れは速いというものの、あの時有頂天だった秀吉はその直後にこの世を去り、第二の主役だった秀頼や淀殿も短い生涯を終えてしまった。

栄枯盛衰は世の常と言うけれど、滅びる者の運命はただひたすら哀れで悲しい。

断行

一方の家康は、やっと長年の懸案だった目の上の瘤が取れた思いで、実に晴れやかな気分でいた。

最後は力でねじ伏せた形となったが、それはそれで徳川の力を世に誇示できたと考えれば悪いことではない。世情は滅びた豊臣に同情的かもしれないが、大衆は圧倒的な力の前にはいつも無力で、最後は力に従うものだ。

これで正面きって徳川に歯向かおうとする人間はいなくなるであろう。

家康は、勝利の勢いを駆って豊国社破壊を断行した。

まずは、楔として打ち込んだ根来寺の智積院に、隣接する祥雲寺の寺領を与えてこれを接収させた。

祥雲寺は、夭折した秀吉の嫡男、鶴松の菩提寺である。

このことにより、方広寺と豊国社との間に完全に智積院が割り込む形となり、本願寺から阿弥陀ヶ峰に至る一連の豊臣ラインが分断された。

次に家康は、方広寺の寺領を大幅に縮小し、これを妙法院の管理下に置いた。

家康の豊国社潰しは、病的とも思える徹底振りであった。


こうして、豊臣家が作り上げた本願寺から阿弥陀ヶ峰に至る聖なるラインをズタズタに分断した後、家康はいよいよ、豊国社と豊国廟の破壊に着手した。時に慶長20年（1615）7月9日のことだった。

大坂夏の陣終結から僅か2ヶ月後という速さである。この日の到来を待ちに待っていた家康の心情がよくわかる。

「豊国社を取り壊し、秀吉の墓も破壊せよ。」

家康は、京都所司代の板倉勝重に厳命を下した。

「畏まって候。神社は、跡形なきまでに取り壊しいたしましょう。墓の上に建つ祠廟も同様にいたしましょうが、秀吉の遺体は如何いたしましょうや？」

「秀吉の遺体など掘り起こして隅の方にでも打ち捨てておけばよいわ。」

「さすがにそれでは酷《ひど》過ぎましょう。祟られても困りますぞ。」

「構わぬ。社も墓も、徹底的に破壊し尽くせ。」

「畏まってござる。」

家康は、人々の記憶から秀吉のことを完全に消し去りたかった。

家康は、死してなお圧倒的人気を博する秀吉のことを、心の底から怖れていたのだ。秀吉は明らかに、自分にはない何かを持っている。家康は、どうやっても秀吉を超えることはできないと思った。

怖れているからこそ、破壊しなければならない。秀吉の痕跡を跡形なきまでに破壊し尽くさなければ、どうしても安心できなかったのだ。

家康が豊国社と豊国廟とを破壊しているという噂は、たちまちのうちに京の街に拡がった。その噂を聞きつけて伏見城にいる家康のところに駆け込んできた一人の女性がいた。

高台院である。

高台院とは、秀吉の正室だった北政所のことである。秀吉の死後、出家して高台院と名乗っていた。

高台院は秀吉の正室であったものの、後に秀頼を擁する淀殿との間での心情的な対立もあり、むしろ秀吉亡き後の世の主宰者は家康であるとの思いから、家康とは親しい関係を築いていた。

一方の家康も、高台院の人柄やあの秀吉を手のひらで御してきた手腕に一目置いていて、互いに尊敬し合う間柄にあった。

「家康殿、お久し振りにございますな。血色のいいお顔を拝見でき、祝着至極にございます。」

「これはこれは、高台院殿。相変わらずお美しゅうござるな。」

「この出家の身に向こうて戯言をおっしゃられますな。家康殿はほんにお口がうまい。」

「このお暑い中、いつもお見えの孝蔵主殿ではのうて高台院様直々のお越しとは、いったいどのような風の吹き回しでござろうか?」

「他でもござらぬ。豊国社と豊国廟のことにございます。聞くところによれば、家康殿がお命じになられて取り壊そうとされているとのことではございませんか。斯様な蛮行は、即刻お止めいただきたく、この高台院、飛んでまいりました次第です。」

「ほう、随分お耳が早いことですな。しかし高台院様、今は豊臣が滅びて徳川の世になりましたのじゃ。そこのところをようわきまえられたらよろしかろうと思いますぞ。徳川の世に豊臣の神は必要ありますまい。よって、豊国大明神の神格を取り消して社殿の取り壊しを命じましたまでのことにございます。」

「豊国社もではあるが、阿弥陀ヶ峰には秀吉様の廟があります。秀吉様の廟を破壊しようとされているのは、如何な魂胆にございましょう?」

「はて、豊国社を取り壊すようにとの沙汰はいたしましたが、秀吉殿の御廟を壊せとは、この家康一言も沙汰した覚えはござらぬわ。」

家康は、しらをきった。

「いや、間違いありませぬ。確かに破壊していると聞いておりますぞ。即刻、破壊を中止する命令を出していただきたい。さもなくば、わらわは一歩もこの場を動きませぬぞ。」

「これはこれは、ものすごい剣幕じゃ。これでは秀吉殿が密かに恐れておられましたのも頷けますな。まぁ落ち着かれよ。わかり申した。豊国社の破壊は、差し止めといたしましょう。」

「ありがたき幸せにございます。家康殿、きっとお約束くだされ。」

「畏まってござる。」

高台院からこのような剣幕で直々に談判されては、さしもの家康といえどもこれ以上豊国社と豊国廟の破壊を強行することはできなかった。

高台院存命中は、おとなしくして時を待つことにせざるを得まい。

家康は、豊国社と豊国廟破壊の命令を取り消した。

「豊国社と豊国廟は破壊せずともよい。そのまま捨て置くがよかろう。その代わり、人々が立ち入れぬよう厳重に封鎖し、朽ちるに任せることとせよ。」

こうして豊国社と豊国廟は、高台院の家康への直訴により、辛くも一旦は破壊の運命を免れたのであった。

破壊

往生

大坂夏の陣で豊臣家を滅亡させて安心したものか、家康はその翌年の元和2年（1616）4月17日に隠居先の駿府城にて息を引き取った。

天海の進言通り、すでに将軍の座は嫡男の秀忠に譲っていたので、秀吉のように世継ぎのことで無様《ぶざま》な最期の姿を世に晒すという愁いはなかった。

一つだけ、思い残すことがあるとすれば、豊国社と豊国廟とを完全には破壊することができなかったことであろうか。

しかしあのように高台院に伏見城にまで乗り込まれ、強硬な態度で懇願されては、さしもの家康といえども破壊行為を継続させることはできなかった。

その代わり、豊国社とその背後にある豊国廟は、後から築いた徳川の社寺等により完全に孤立しており、封鎖して立ち入りを厳しく禁じているから、秀吉の七回忌のような大騒ぎになることはもうあるまい。

時が経てば次第に人々の記憶は薄れ、やがて豊国大明神などという神が存在していたことなども皆、忘れ去られてしまうだろう。

社殿が雨風に打たれ時の経過とともに朽ち果てていくように、人々の秀吉への想いもやがて風化して消えていく。

豊国社と豊国廟の処置は、時の経過と後の将軍とに任せればよい。

大坂の陣で豊臣家を滅ぼした効果は絶大だった。このことにより、豊臣と徳川とを比較する人間はいなくなった。これからは、徳川の世だけを見させていけばよいのだ。

豊国大明神の人気に怖気づいて、死した秀吉に怯えていたかつての自分のことを懐かしく思い出しながら、家康は満ち足りた思いで最期の時を迎えた。

実に家康らしい、万事隅々まで手を尽くしての往生であった。


家康の亡骸は、秀吉の時と同様に、通夜を営むこともなくその日のうちに駿府城の南方に位置する久能山の山腹に葬られた。家康の遺言に従ったものである。

埋葬の仕方については、秀吉の事例を踏襲して吉田神道が主唱する唯一神道の流儀によって万事執り行われた。

吉田神道による埋葬を主導したのは金地院崇伝であり、指揮を執ったのは吉田兼見の弟の神龍院梵舜であった。

梵舜は豊国社の別当であったが、家康により豊国社が閉鎖された後は、請われて徳川家の相談を受ける立場に転じていた。宗教家であるから、自らの主義主張によらず、頼られればたとえ敵方であっても与《くみ》しないわけにはいかなかった。

1周忌の後、家康の遺体は久能山東照宮から日光へと運ばれた。

家康の遺体は、人々との別れを惜しむように道中の各地に滞在し、その土地土地で懇ろに法要を受けながら日光へと運ばれていった。

遺骸に影のようにしてつき従うのは、天海である。天海は、日光までの道中におけるすべてのことを取り仕切っていた。

途中、天海が住職を務めていた川越の喜多院にも4日間留まり、天海自らが導師を務め大法要を営んでいる。

すでに神となった家康が、終《つい》の住処《すみか》である日光に赴くための行列である。急ぐ必要はどこにもない。

むしろ行く先々で多くの人々の目に触れさせ、強く脳裡に焼きつけさせることにより、神としての家康の威厳を示そうとしたのであった。

論争

ところで、家康が称した神号は、明神ではなく権現である。吉田神道の流儀に従い久能山への埋葬を主導した崇伝は、吉田神道における唯一神道の神である明神を家康の神号とするべきだと考えていた。

崇伝の考えに対して真っ向から異を唱えたのが、天海である。天海は、仏教における仏が仮の姿として神に化身して現れるという権現こそが家康に相応しい神号であると主張して譲らなかった。

崇伝は純粋に、家康が神になるには先例のある明神の方が確実だと思った。すでに秀吉によって神になる道が拓かれている。家康も同じ道を歩めばいいだけである。

一方の天海は、古来から神は唯一絶対のものであるとして仏教の仏が神に化身したとする本地垂迹説《ほんじすいじゃくせつ》を認めない吉田神道を嫌っていた。仏教に都合のいいように、山王一実神道に則り薬師如来を本地とする権現を推したのは、そのためだった。

当初は人が神になる道は吉田神道以外にないものと思っていたが、研究熱心な天海は山王一実神道なるものを見い出したのだった。

二人の論争は、将軍秀忠の御前でも戦わされた。

「明神と権現とは、いったいどのように違うのじゃ?」

秀忠は、混乱した頭で二人に問うた。

「明神とは、吉田神道における神にてございます。すでに秀吉が豊国大明神となりましたことで、神になる道筋はしかとつけられております。家康様が神となりますに当たり、差し障りは何もございませせぬ。」

崇伝は自信を持って答えた。

「明神を称えれば、確実に父上様は神になれるというのだな。」

「然り。」

「では、権現はどうじゃ？」

「権現とは、仏教における仏が、仮の姿として神に化身したものにてございます。熊野権現、山王権現など、用例も多数ございます。」

今度は天海が答えた。

すでに秀吉によって使用実績のある明神を称える崇伝の説には説得力があった。確実性を重んじるのであれば、先例に従うのが賢明な方法である。誰もがそう思った。

明神説に傾きかけていた一座の流れを逆転させたのは、天海の次の一言だった。

「明神は、秀吉が使用した神号にござる。果たして豊国大明神の行く末は如何相成りましたでしょうか？　家康様が秀吉と同じ明神となられました場合、秀吉と同じ末路を辿らないといったい誰が断言できましょうぞ。そんな不吉な神号を敢えて使う理由が天海には見つけられませぬ。」

豊国大明神の運命を破壊に導いたのは他ならぬ家康であったのだが、何が起こるかわからないのが世の常というものである。家康に対して、第二の家康が出現しないとは誰も言いきれない世情であった。

そんな不吉なイメージがつきまとう明神ではなく、権現の方が断然力強くてありがたい神のように思えてきた。

この瞬間から、家康の神格化への道筋をつける実権は、崇伝の手から天海へと移っていったのであった。

家康は、（京にいる天皇から見て）東の守護神との意味を込めて東照大権現と名づけられ、元和３年（１６１７）２月21日に東照大権現の神号が、３月９日には正一位の神階が贈られた。また日光には、東照大権現を祀る社として東照社が建立された。

なお、宮号宣下により東照社が東照宮となったのは、正保２年（１６４５）11月３日のことである。

家光

実は、二代将軍の秀忠が建てた東照社の社殿は、今の日光東照宮の社殿ではない。秀忠は、家康の遺言に忠実に従い、武家らしく質素な社殿を建てて父家康の菩提を弔おうとした。

質素と言っても、朱の漆塗りに極彩色の欄間の彫刻があしらわれた社殿は中井大和守正清に命じて造らせたものであり、当時の最高水準の匠の技術を総動員してのたいへんに立派で美しいものであった。

中井大和守正清は、江戸城や二条城の天守を築城した大工の棟梁である。

その秀忠の東照社に代わって今の社殿を建立したのは、三代将軍の家光であった。

家光は、祖父であり徳川幕府創設者でもあった家康のことを異常なまでに尊崇していた。父秀忠が建立した東照社ももちろん立派な社ではあったものの、家光の祖父を思う想いからするとやや控え目過ぎた。

家光は、大工棟梁の甲良《こうら》豊後守宗廣らに東照社社殿の建て直しを命じ、僅か1年半ほどの短期間のうちに目も眩むような眩い社殿に造り替えてしまった。

一日中見ていても見飽きないことから日暮門の異名を持つ陽明門をはじめとして、現在私たちが目にしている日光東照宮の社殿は、この時に造り替えられたものである。

なお、当初秀忠が建立した社殿の一部は、天海の指示によって徳川氏発祥の地とされる上野国（現群馬県）世良田《せらだ》に移築され、世良田東照宮として現存している。

両社を対比してみると、子と孫と、二人の将軍の家康に対する考え方の違いがわかって、おもしろい。

家光は、自らの廟をも家康の眠る日光に建立することを願ったくらい家康に傾倒していた。徳川家15代の将軍は皆、芝の増上寺か上野の寛永寺に廟所を造るのがしきたりとなっているが、家光のみが家康と同じ日光に廟所を造った。（他に15代将軍の慶喜は、谷中墓地内に廟所がある。）

東照宮と並んで日光山に建立されている大猷院《たいゆういん》がそれである。

それくらい家康のことを慕っていた家光であったから、日光東照社の改築だけではまだ満足せず、家康が果たせなかった豊国社の破壊にも、ついに着手した。

家康の時には伏見城に乗り込んで破壊を阻止した高台院もすでに他界しており、もはや誰も豊国社と豊国廟の破壊を妨げる者は存在しなかった。

破壊

豊国社と豊国廟は、家康による最初の破壊行為の後、封鎖され放置されたままだった。

長年に亘り雨風に晒されたことにより、鮮やかな朱の漆塗りの回廊も無残に漆が剥げ落ち、柱を飾っていた黄金の飾り金具もいつしか剥落して土中に埋れている。

瓦の重さに耐えかねて屋根が崩落している箇所もあり、これがあの栄華を誇った豊国社かと目を疑うばかりの惨状であった。

代わりに背丈ほどもある草が生い茂っているために細部が覆い隠されているが、草を刈ってしまえばなお凄惨な廃墟の姿が目の当たりとなることだろう。

阿弥陀ヶ峰の中腹に葬られた秀吉の廟も、豊国社と同様に朽ち果てるに任されていた。

廟の上に建てられていた祠廟は崩れ落ちて原形を留めていない。

柩の上に置かれていた石が崩されて周囲に散乱していた。厳重に封鎖されていても、盗掘者は必ずどこからともなく入り込むものだ。

秀吉の墓も御多分に洩れず、盗人たちが荒らしたままの状態のように放置されていた。

柩の周囲に数多置かれていたであろう副葬品も、何一つ残されていない。

それどころか、柩の中の秀吉の遺体さえもが、そこには存在しなかった。

秀吉の遺骸はどこに消えてしまったのだろうか？　盗賊どもは、副葬品とともに秀吉の遺骸をも持ち去ってしまったのだろうか？

実に不思議なことだった。

しかし、廟の破壊を命じられた人足たちにとっては、死んだ人間の亡骸を処分しなくてすむ方が気が楽だった。

やっぱり何と言っても人の死骸を処分することは、けっして気持ちのいいものではない。ましてや、一度は神となった秀吉の遺体を掘り起こして処分することなど、どんな天罰が下るかわからず、できればやりたくないと思っていた。

だから人足たちは、もぬけの殻の墓を見て、ホッと安堵した。

そうなれば事は簡単だ。

人足たちは、豊国社と豊国廟とを徹底的に破壊し尽くした。

元々それが将軍からの命令だったのだから、彼らは将軍の命令を忠実に果たしただけのことになる。

こうして、豊国社も豊国廟も、この世から消え去ったのであった。

その後

再興

結局、歴史とは勝者が記《しる》すものであり、勝者が交代する度に肯定と否定とが繰り返されるのが世の常である。

天下を獲った徳川が豊臣を否定したが、その徳川も明治維新では敗者となり否定される。徳川が否定されると、徳川によって否定されていた豊臣が復権して再評価される。何が真実で何が偽りなのか、表面をただなぞって見ているだけではまったくわからないのが歴史でもある。

人が神になるということも、いったい何だったのだろうか？

神の力にあやかりたい人間が、神の名を利用して自分の有利なように事を運ぼうとした。秀吉も家康も、明神も権現も、その道具として利用されただけだったのではないのか。

家康と家光とによって破壊された豊国社は、徳川が支配している間は誰に顧みられることもなく世の中から忘れ去られた存在だった。

その意味では、まさに家康や天海が意図した通りの結果となった。

豊国社の名前が再び歴史に登場するまでには、江戸時代の終焉を待たなければならなかった。

明治元年（1868）、豊国社は明治天皇によって豊国神社として再興の布告がなされ、明治13年（1880）には現在地である方広寺大仏殿跡地に新たな社殿が建立された。

一方の秀吉の墓の復興までには、さらに時間を要した。秀吉の墓が再建されたのは、明治30年（1897）のことである。秀吉の三百年忌に際し、阿弥陀ヶ峰の山頂に廟宇が再建され、巨大な五輪塔が据えられた。

時はあたかも日清戦争に勝利して日露戦争へと突き進む最中であり、国威高揚の象徴として、まさに秀吉の霊力が必要とされたのであった。

現在、各地に存する豊国神社は、主に明治以降に分祠されたものである。幕府の目があったため、江戸時代から続く豊国神社は少なくて、秀吉に所縁のある長浜市の豊国神社などごく僅かである。

その長浜の豊国神社でさえ、江戸時代には社殿が破壊され、祭神は町年寄の家を点々としたり、その後は恵比須神社の奥社でひっそりと祀られていたと言われている。

京都にある現在の豊国神社にはひっきりなしに参拝者が訪れ、敬虔な祈りを捧げる光景を見ることができる。

かつての伏見城の遺構と言われる国宝の唐門が威容を誇り、さすが太閤秀吉を祀る神社であるとの印象を強く受ける。

門の傍らには秀吉の出世の象徴である瓢箪をかたどった絵馬がいくつも吊るされていて、華やかさに色を添えている。

しかし他の京都の有名社寺と比較すると、参拝者や観光客の数は必ずしも多いとは言えない。

一方の豊国廟に至っては、この小説の冒頭にも書いた通り、今でも訪れる人は稀で、人々のあまり知るところとはなっていない。天下人秀吉の墓は、眺望もきかない阿弥陀ヶ峰の頂上に寂しくポツンと置かれている。

秋の紅葉シーズンを中心として絶えず多くの観光客が訪れる日光東照宮と比較すると、豊国神社と豊国廟の現状は非常に寂しいものと言わざるを得ない。

家康と家光による堂宇の破壊がなかったならば、豊国社の社殿と豊国廟の廟宇は間違いなく国宝に指定されて絢爛豪華な姿を後世の私たちに見せてくれていたことだろう。

恐らくは、日光東照宮に匹敵する建築物であったであろうことが容易に想像される。そう思うと、たいへんに惜しいことをしたと思わざるを得ない。

豊臣家の威信と財力とを傾けて建立した豊国社と豊国廟の建物をこの目で見てみたかっ

たと、心から思う。

戦国時代の武将たちは、文化の作り手であると同時に、文化の破壊者でもあったということだ。

エピローグ

私は、秀吉の最晩年から豊国廟破壊辺りまでの歴史をじっくりと見つめてきた。この時代を生きた人々の息遣いを想いながら、醍醐寺や大坂城、それに日光東照宮などを訪ね歩いてもみた。

そしてもう一度、意を決して豊国廟を訪れてみることにした。

相変わらず、誰もいない。

それもそのはずだ。阿弥陀ヶ峰の山頂にある巨大な五輪塔の下には、秀吉の遺骸は葬られていないのだから。

今の秀吉の墓は明治になってから再建されたものであることを、私はこの小説の中で書いた。

では、本当の秀吉の墓はどこにあるのか?

当然の帰結として、私が新たに抱いた疑問だった。

その疑問に答えられないまま、私は一日中、豊国廟や豊国神社の周囲を散々歩き回った。何かの手がかりが掴めるかもしれない。そう思って歩いてみたのだが、結局、何の成果も得ることはできなかった。疲れ果ててホテルに戻った私は、そこで一晩を過ごした。

この夜に見た夢とも現《うつつ》ともつかない不思議な話を、私はこの物語の最後に書き記《しる》さなければならない。

久し振りに豊国廟を訪れて、神経が高ぶっていたのかもしれない。

私はホテルの殺風景な部屋で、なかなか寝つけずにいた。

何の予備知識もなく訪れた最初の時とは異なり、今回の豊国廟訪問は、当時の歴史を丹念に調べ上げた後の再訪だった。

かつて豊国社社殿があった太閤坦《たいこうだいら》と呼ばれる広い平坦地を見て、荘厳な豊国社の建造物群を想像した。

最初の訪問では気づかなかったことだが、松の丸殿の墓所である五輪塔がひっそりと建てられているのを見つけた。

この墓は元々、誓願寺にあったものであるが、後にこの地に移されたと言われている。

小説の中で私は、松の丸殿のことを秀吉の最もお気に入りの側室として書いた。

輝くような美貌の持ち主だったであろう松の丸殿も、秀吉の没後はけっして幸福な人生を歩んだわけではない。

私は、墓前でそっと手を合わせた。

石段を登った途中にある切妻屋根の門のある平地こそが、かつて秀吉の遺骸が葬られていた墓所であったはずの場所だ。

秀吉の墓は、この小広場のどこにあったのだろうか？ そして秀吉の遺骸は、この地からどこへ忽然と消え去ってしまったのか？

広場の隅から隅まで歩いてみても、何の痕跡をも発見することができなかった。

そんな、その日見たことをうつらうつらと考えているうちに、いつしか私は眠りについてしまったのかもしれない。

夢の中でも私は、豊国廟を歩いていた。恐らくは、かつて秀吉の墓があったあの小広場だったのではないだろうか。

秀吉の墓の痕跡を探しあぐねて門の傍らに立ちすくんでいた時のことだった。

私は、何者かに呼び止められた。

「お前はここで何をしているのだ？」

驚いて声の聞こえてきた方角に目を向けると、そこには一人の小柄な老人が立っていた。

さっきまで誰もいなかったのに、いったいいつの間にここに来ていたのだろうか？

阿弥陀ヶ峰の山頂から下りてきた風でもないし、ましてや下から登ってきたにしては少しも息が乱れていない。

私は不思議に感じながらも、老人の問いに答えた。

「秀吉の墓があった場所がどこだったのかを知りたくて、その痕跡が少しでも残っていないかと探していたのです。」

「ほう。で、何か見つかったかな？」

老人はニヤリとしながらこう言った。

「いいえ、何も見つかりませんでした。」

「秀吉の墓のことをそんなに知りたいか？」

「はい、知りたいです。」

「なぜ、知りたいのだ？」

私は、初めて豊国廟を訪れた日の不思議な出来事を話し、その後、秀吉の墓に関わる歴史を調べてきたことを老人に告げた。

「そんなに知りたければ、教えてやろう。」

老人はそう言うと、驚くべき話を、問わず語りに語り始めた。

秀吉の墓は、この平坦地の一番奥に造られていた。ちょうど今ある門の少し手前の辺りに大きな穴を掘り、柩が置かれた。

秀吉の遺体は、坐るような姿勢で柩の中に収められ、真西を向くように置かれていた。

真西には、本願寺があったからの。ちょうど本願寺と向き合うようにして、遺体が置かれていたのじゃ。

その上に土がかけられ、そして墓標として五輪塔が置かれた。

五輪塔は、今のように馬鹿でかいものではなかったが、それでも立派な五輪塔であった。

五輪塔の台座として基壇が設けられ、四囲には石柱の柵が張り巡らされていた。

五輪塔と基壇は祠廟によって覆われていた。それほど大きくはないものの、漆塗りで極彩色に彩られた透かし彫りの彫刻が散りばめられた、それはそれは豪華で美しいものだった。

祠廟の前面には小さな拝殿が設けられ、廟所までの参拝を許された者は、この拝殿から祠廟に向かって手を合わせたものだ。

正遷宮祭が営まれた4月18日と秀吉の祥月命日の8月18日、それにその前後3日間に亘って行われた例大祭は盛大なもので、多くの人々が豊国社を訪れ、太閤坦にある拝殿から阿弥陀ヶ峰を見上げては、秀吉の墓に祈りを捧げた。

一般の者は廟所までの参拝は許されておらず、この太閤坦にある拝殿から廟所を望むことしかできなかったが、それでも皆、豊国大明神を拝めたと言って大いにありがたがって帰っていったものだった。

大坂夏の陣が終わって間もなく、突然数多《あまた》の人足どもが侵入してきて、豊国社や豊国廟の堂宇を手当たり次第に壊し始めた。

当時最高の匠の技を駆使して美しく精巧に造り上げられた社殿が、無知で無教養な人間どもによって破壊されていく様を見ることは、忍耐に耐えられないことだった。

人間が造り上げた最高水準の芸術品を、同じ人間が破壊していく愚かさ。

豊国廟も、無思慮な人間どもによって破壊行為が行われ、見るも無残な姿に変わり果ててしまった。

このまま跡形もないまでに破壊され尽くすのかと思っていたところ、ある日突然、人足どもがいなくなった。

家康から、破壊を中止して引き上げるようにとの下知が下ったからである。

その時の豊国廟の状態は、墓石の上を覆う祠廟が半壊し、五輪塔が取り崩されて基壇に散在していたものの、幸いにして秀吉の柩にまではまだ破壊の手が及んでいなかった。

今しかないと覚悟を決めた梵舜らが秀吉の亡骸を阿弥陀ヶ峰から運び出したのは、人足どもが引き上げたその日のことだった。

梵舜らは、秀吉の亡骸を甕に移し替え、慎重に山の麓まで降ろすと、方広寺大仏殿跡に運び出した。

すべての行為が、人目につかないよう夜陰に紛れての行動だった。

そう言えば、最初に秀吉の柩を阿弥陀ヶ峰に葬る時にも、夜中に隠密のうちに埋葬が行われたのだった。

こうして、梵舜らの働きにより、秀吉の亡骸は方広寺の敷地内に埋葬された。

後は、幕府方にこのことを察知されてはならないことと、この事実を密かに後世に伝えなければならないという2つの課題が残された。

このことが徳川方に知れれば、墓は破壊されてしまうに違いない。

しかし一方で、このまま関係者が口を噤《つぐ》んだままで世を去ってしまったら、ここが秀吉の本当の墓であることを誰も知ることができなくなってしまう。

何としても、秀吉の墓のことを後世の人に伝えなければならない。

二つの矛盾する課題を同時に解決することは、非常に難しいことだった。

梵舜らは、思案を重ねた。

その結果、秀吉の墓の上に目印として五輪塔を建て、それを別のものを祀るための塚だと称して世を欺くこととした。

たまたま近くに馬市が立ち、馬町の地名があったことから、梵舜はこの五輪塔を馬を供養するための馬塚と称して、馬を祀る風を装い秀吉の霊を祀り続けた。

当時の人々にとって馬はとても重要な動物であったから、馬頭観音があちこちに祀られているることからもわかるように、馬を祀ることに対して世間から疑いの目をかけられることはなかった。

このことは一部の心ある人の知るところとなり、当初は秀吉を慕う人たちが訪れてはこっそり線香を上げ花を捧げることがあったけれど、時が経ち、いつしかそのような人々も途絶えて、今は豊国神社の裏手にひっそりと取り残されているのみとなってしまった。秀吉の本当の墓が馬塚であることを、今を生きる人たちに伝えて欲しい。秀吉の願いである。

「馬塚、ですか？」

初めて聞く名前だった。しっかりとその名前を頭に刻み込むために、私は老人に確認をした。

「そうじゃ、馬塚じゃ。しかと覚えておくがよい。」

私は、老人の話に驚いた。こんなに詳しいことを知っている老人とは、いったい何者なのか？

「わしか？」

「わしは、秀吉の霊である。」

「…………。」

「今年は、わしが亡うなってからちょうど400年になる年じゃ。わしの墓に興味を持ったお主に、頼みごとがあってわしは姿を現したのじゃ。ところで、今日は何月何日じゃ？」

「9月18日です。」

私は予想もしていなかった事態に驚きながら、恐る恐る答えた。まさか私が、秀吉の霊と会って秀吉の霊から墓の真実を直接聞くことになろうとは、思ってもいなかったからだ。

「そうか、そうか。今日はわしが死んでからちょうど400年に当たる日じゃな。わしは400年前のちょうどこの日にこの世を去った。あれから400年か。いろいろなことがあったのう……。」

「秀吉さんの命日は、8月18日ではなかったのですか？」

「さすがによう勉強しておるようじゃな。確かに、太陰暦ではその通りじゃが、今は太陽暦じゃろ？ 太陽暦では、9月18日がわしの命日じゃ。わしがこの日におぬしを呼び寄せたのじゃ。それにしても、よう来てくれた。これでわしも成仏ができるぞ。」

「…………。」

「わしは、寂しかったのじゃ。誰もわしがこの馬塚に眠っていることを知らぬ。誰もわしの墓を訪ねてはこぬ。わしは、400年の間待った。賑やか好きのわしにしては、よう辛抱したもんじゃと思う。しかしもう待てぬ。わしは、皆の者にわしの墓に詣でてもらいたいのじゃ。あぁ、これがあの秀吉の墓か。そう言い合って手を合わせてもらいたいのじゃ。あの、日光東照宮の家康の墓のようにな。どうかこの年寄りの願いを叶えてもらいたい。そなたならきっとできる。わしの見立てに狂いはあるまい。」

秀吉は、こう一気に捲し立てた。そしてぽつりとこうも言った。

「生きているうちは家康などわしの歯牙にもかからぬ存在であったのに、死んでから後によもや彼奴めに負ける羽目になろうとは、思ってもいなんだわ。それにしても、死者の墓を破壊するとは、何と人の道にもとることをしたものか。裏を返せば、死してなお、それほどわしのことが怖ろしかったということなのじゃろうのう。家康など、単に臆病なちっぽけな人間であったことよ。」

秀吉はそう言うと、さも快げにかかと笑った。

「そうだ、一つお礼に舞いを舞って進ぜよう。」

秀吉はどこからか一本の扇子を取り出して『邯鄲』の一節を舞い始めた。

かくて時過ぎ頃《ころ》去《さ》れば、かくて時過ぎ頃去れば、五十年《ごじうねん》の栄華《えいぐわ》も尽《つ》きて、真《まこと》は夢の中《うち》なれば、皆消え消えと失せ果《は》てて、ありつる邯鄲の枕の上《うえ》に、眠《ねむ》りの夢は覚《さ》めにけり。
蘆生《ろせい》は夢覚めて、五十《いそぢ》の春秋《はるあき》の栄華《えいぐわ》も忽《たちま》ちに、ただ茫然《ぼおぜん》と起《お》きあがりて、
さばかり多かりし、
女御更衣《にょおごこおい》の声と聞きしは、
松風《まつかぜ》の音《おと》となり、
宮殿楼閣《くうでんろおかく》は、
ただ邯鄲の仮《かり》の宿《やど》、
栄華《えいぐわ》の程は、
五十年、
さて夢の間《あいだ》は粟飯《あわいい》の、
一炊《いっすい》の間《あいだ》なり、
不思議なりや計《はか》り難しや、
つらつら人間の有様を案ずるに、
百年《はくねん》の歓楽《くわんらく》も命終《めいをわ》れば夢ぞかし、五十年の栄華《えいぐわ》こそ身の為にはこれまでなり、栄華《えいぐわ》の望《のぞ》みも齢《よわい》の長さも五十年の歓楽《くわんらく》も、王位《をおゐ》になればこれまでなり、王位になればこれまでなり、げに何事も一睡《いっすい》の夢、

南無三宝南無三宝《なむさんぼお》、
よくよく思へば出離《しゅつり》を求《もと》むる、知識《ちしき》はこの枕なり、げにありがたや邯鄲の、げにありがたや邯鄲の、夢の世ぞと悟《さと》り得《え》て、望《のぞ》み叶《かな》へて帰りけり。

如何にも能好きの秀吉らしい、落ち着いていて枯れた静かな舞いだった。

ひとしきり舞い終わると、

「さらばじゃ。」

秀吉の霊は門に向かってゆっくりと歩いていき、やがて乾いた笑い声とともに門の向こう側に消えていった。

私はその後を追って門に駆け寄った。しかし、老人の姿はもうどこにもなかった。


私は、ハッとして目が覚めた。

目の前には、ホテルの部屋の白い殺風景な天井が拡がっているのみだ。

夢だったのか？

それにしては、随分とリアルで鮮明な夢だった。私はびっしょり汗を掻いている自分に気がついた。

眠れない夜を過ごした後、私は朝一番に豊国神社を訪れた。

まだ早い時間だったので参拝客の姿は稀である。

私は国宝の唐門の前に佇み、本殿に向かって手を合わせた後、境内を歩き回った。

もちろん、馬塚を探すためである。

境内を隈なく探してみたけれど、それらしき五輪塔はどこにも見出せなかった。

念のため、隣接する方広寺の鐘楼から大仏殿跡の敷地まで歩いてみたけれど、やはり五輪塔は存在しなかった。

あれはやっぱり、単なる夢だったのか。

ほとんど諦めかけていた私の目に五輪塔の姿が飛び込んできたのは、その時だった。

今の豊国神社の裏手にある大仏殿跡は、一段高い丘のようになっていて、眼下に豊国神社の敷地を見下ろす形になる。

その豊国神社の敷地の一番奥まったところ、今では駐車場となっている空き地に、一基の五輪塔があった。

これに違いない。

私は急いで豊国神社に引き返して、社務所に向かった。

馬塚のある場所に行くためには、宝物館の前を通り抜けなければならない。宝物館がまだ開館する時間ではなかったので、念のため許可を得た方がいいと思ったからだった。

「すみません、馬塚を見たいのですが。」

私は、恐る恐る尋ねた。

社務所の職員は最初、

「馬塚どすか？　はて……。」

と言って、どうしたものかと思案しているような戸惑いの表情を見せた。

社務所の職員は、馬塚を知らないのだろうか？　しかし、そんなことはありえない。

「確か、この奥にあると聞いたのですが。」

私は、知らないとは言わせないぞという強い気持ちを込めて、もう一度尋ねた。

最初にとぼけたような対応を見せた職員は、観念したかのように、

「馬塚なら宝物館の裏手にあります。こちらからお入りください。」

と宝物館の方を指差した。

何かを隠そうとしている。

直感的に私はそう思った。この職員は馬塚を知っていたのに、最初に私が尋ねた時には、さも馬塚のことなど知らないかのように、とぼけて見せた。

容易に他人には知らせたくない何かがあるのではないか？　私の邪推であるかもしれな

いが、歯ぎれの悪い職員の対応に私の疑念は高まった。

宝物館を過ぎ、神社の敷地内をさらに進んでいくと、やがて駐車場が見えてきた。ところどころのアスファルトが剥げ、けっして整備が行き届いているとは言えない。むしろ荒寥感が漂う寂しい場所であった。豊国神社を訪れる参拝客のほとんどは、この場所を訪れることはない。

私は、恐る恐る五輪塔に近づいた。

近くで見ると、たいへんに大きな五輪塔である。

飾り気のない石の基壇が築かれていた。その基壇の上に、五輪塔が建てられている。

周囲を見回してみたけれど、何の案内板も設置されていない。もちろん、豊国神社の地図にも馬塚の名前は記されていない。

わざと人目を避けるかのようにこんな境内の奥まったところに置かれ、如何にも由緒ありげなのに何の説明も加えられていない。

何かを隠している。私には、そう思えてならなかった。それと同時に、この五輪塔こそが、秀吉の本当の墓なのではないだろうかと思った。

じっと馬塚の五輪塔を見ているうちに、私の想いは、次第に確信へと変わっていった。

夢で出逢った小柄な老人の姿が瞼に浮かんだ。

あれは夢ではなかったのだ。

私は馬塚の前に跪いて、心の底から秀吉の霊に向かって祈りを捧げた。

彼は言っていた。これで成仏ができる、と。

４００年もの長い間、秀吉の霊は成仏できずに豊国廟の辺りを彷徨っていたのだろうか？

秀吉の霊よ、心安らかに眠れと、私は馬塚にそっと手を合わせた。

完

本書を終えて

豊島昭彦

世の中にはいろいろな趣味を持った人がいる。

歴史好きの女性は「歴女」と呼ばれている。最近は御朱印を収集するのが一つのブームになっていて、神社やお寺に行くと社務所の前に御朱印をもらう人の長い列ができていることがある。『刀剣乱舞』というゲームの影響と聞いているが、特に若い女性たちの間で日本刀が人気を博しているらしい。彼女たちのことを「お刀女子」と呼ぶそうだ。

実は、有名人のお墓に詣でることにも、昔から根強い人気があった。

そういう人たちのことは「墓マイラー」と呼ばれている。その意味では私も、かなり重度の墓マイラーであると言えるかもしれない。

豊臣秀吉は日本の歴史上で最も有名な人物である。それなのに豊臣秀吉の墓のことはあまり知られていない。なぜなのだろうか？　まさに冒頭に書いたこの疑問が、私の小説の出発点になっている。

やっと秀吉の墓を探し出して阿弥陀ヶ峰の山頂にまで行ったけれど、そこは明治時代に造られた後づけの墓であって秀吉の遺体(あるいは遺骨)が本当に眠っている墓ではなかった。

その事実を知った時、では秀吉の遺体はどこへ行ってしまったのだろうか？　秀吉の遺体が眠っている本当の墓がどこか他にあるのではないだろうか？　との疑問が私の心に浮かんだ。それと同時に、天下人とはいったい何だったのだろうか？という問いかけが私の頭をよぎった。それがこの小説のモチーフになっている。

天下を獲り、あらゆる権力を手にした秀吉は、果たして幸せだったのだろうか？秀吉の墓を通じて、またそれに続く家康の墓にも触れることで、私はそのことを追究してみたかった。その結果は、読者の皆さんそれぞれの心の中にあると思う。

小説を書きたい。

高校生の頃からの私の夢だった。ベストセラーになる小説を書けるような才能でないことは最初から自覚していたので、著名な小説家の作品に混ざって本屋の棚にひっそりと一冊だけ置かれているような、そんな小説を書いてみたいと思っていた。

その夢をずっと心に抱いたまま45年近くの歳月が過ぎてしまった。その頃の純真だった高校生は、すでに疲れきった初老のサラリーマンに変わっている。

これが私の初めての小説になる。

45年近くの歳月をかけてこんな程度の小説しか書けないのか、と読者は思うかもしれない。

それはその通りである。私もそう思う。

ここで長々と言い訳をしておかなければならない。

私の心の中では、60歳の定年までは仕事一筋に打ち込んで、60歳からの残された人生の時間の中で好きな小説を書いていく計画だった。自由になる自分の時間を得て小説の技法をもっと勉強し、いい文章が書けるようになりたい。漠然とだがそう思っていた。

今後の私の人生計画の中での最初の作品なのだから、スタートラインとしてはこの程度の小説でもまぁいいか、と割合気楽な気持ちでこの小説を書いてみた。

ところが、60歳の定年後もまだ20年程度は生きる（ことができる）だろうと勝手に思っていた私の人生プランが、突然狂ってしまった。

平成30年（２０１８）７月30日（月）は、息子である宗一郎の25歳の誕生日だった。この日に東京逓信病院に検査入院をした私は、主治医の先生からすい臓がんであることを告げられた。それも、肝臓やリンパ節に転移のある末期のすい臓がんとのことだった。

何かの根拠があったわけではなかったけれど、父や母が亡くなった年齢から類推して80歳までは生きられるだろうと思い込んでいた私にとって、約１年後の60歳の誕生日まで生きられるかどうかもわからないという現実を理解するのには、それなりの時間が必要だった。

２０２０年の東京オリンピックを私は見ることができないかもしれないという事実に思い至った時の衝撃は、特に大きかった。

少し古い数字であるが、生存期間中央値が291日、1年生存割合が40％（国立がん研究センター中央病院のホームページから引用）という末期のすい臓がんが、現代の医学においてでもなお、非常に厄介な病気であることを私は知っていた。

80年と思い込んでいた私の人生が60年まで生きられるかどうかわからないと急激に縮まってしまった現実において、残された時間の中で私が小説を書くことができる時間も極めて限定的とならざるを得なくなってしまった。

本当ならもっと勉強して、もっといい小説に仕上げてから世に出したかったのだが、私にはもう残された時間があまりなくなってしまった。

長々と言い訳を書いてきたけれど、以上のような事情であるので、こんな下手な小説を世に出すことをお許しいただきたい。

あと20年あれば、この小説を第一歩として研鑽に励めば、もう少しましな小説を書くことができたのではないかと思っている。

本書の解説を書いてくれた佐藤優君は、埼玉県立浦和高等学校1年9組の時の同級生であり、席が隣同士だったこともあって当時最も仲が良かった親友である。

何の才能もなく平凡なサラリーマン人生を歩むことしか考えられなかった私にとって、

佐藤君は別次元の能力を持ったスーパーマンのような存在だった。

あまりに凄過ぎて理解できないような時もたまにはあったけれど、なぜか佐藤君とは気が合った。それは、佐藤君が私にはないものをたくさん持っていたからに違いない。それは私から見て一種の憧れと言えばいいのだろうか。

佐藤君がどうして私のことに好意を持ってくれたのかは、実はよくわからない。私があまりにも平凡過ぎて、それが佐藤君の才能から見るとかえって珍しくて新鮮だったのかもしれない。

その差が歴然と出て、今では超売れっ子の作家として私の手の届かない遠い存在になってしまったけれど、佐藤君は実に義理に厚くてとても思いやりに満ちた人間である。佐藤君の手助けがあったので、このようなすばらしい（装丁の）小説の本を出版することができた。

佐藤君にはいくら感謝をしてもしきれない。

また、こんな小説にも拘わらず快く出版に応じてくださった株式会社Ｋ＆Ｋプレス社と副編集長の中村友哉さんにも、本当にお世話になった。

さらに、私が病気になったことを知って、本当にたくさんの方々から心のこもった激励の言葉をいただいた。自分は一人で生きているのではないということを心から感じることができて、とても心強かった。皆さんに、お礼を言いたい。

平成30年11月1日

豊島　昭彦

解説

佐藤　優

２０１８年５月９日に埼玉県立浦和高校の同窓生らが集まる機会があった。その時１年９組で隣の席に座っていた豊島昭彦君と40年振りに再会した。波長が合い、とても親しくしていた友人だ。写真が趣味で、小説家になることを夢見ていた。高校１年の夏、筆者がソ連・東欧を旅行した時の経験を『十五の夏』（幻冬舎）にまとめたが、その中にも登場してくる人物だ。

成績も優秀で一橋大学法学部を卒業した後、日本債券銀行（日債銀）に就職した。当時、大手銀行はもっとも安定した就職先と見なされていた。しかし、バブル経済崩壊の影響で日債銀は経営破綻し、一時国有化された。人生の荒波にも襲われた。２度、転職した。

豊島君から10月15日にメールが届いた。

〈5月にお会いしてから大分時間が経ってしまいました。急に冷え込む日が増えてきましたが、お元気でお過ごしでしょうか？

今日は、このメールの冒頭でとても残念なお知らせをしなければなりません。と言いますのは、５月に浦和で佐藤君にお会いした後の出来事なのですが、人間ドックの指摘で再検査を受診し、その結果、すい臓にがんがあることが判明しました。人間ドックでは超音波検査で肝臓の異常を指摘されたのですが、その後、Ａ病院に検査入院をして詳しく調べてもらった結果、根源はすい臓がんで、肝臓の異常はすい臓がんが転移したものであったことが確認されたものです。すい臓がんの存在は、人間ドックの超音波検査でも、その後に行ったMRー検査でもわからず、造影剤を入れたCT検査を実施して初めてわかりました。〉

その後、豊島君は、がんを専門とする国立病院の診察を受けた。すい臓を原発とするがんは、肝臓だけでなく、リンパにも転移していた。もはや手術は不可能な「ステージ4」であると診断された。現在は、抗がん剤治療を受けている。メールで豊島君はこう記していた。

〈家族の家系にがんはなく、今も自覚症状は全くありませんので、まさか自分の体ががんに侵されているなんてとても信じられません。しかもこれから定年を迎え、残りの人生を自分がやりたいことのために費やそうと思っていた矢先でしたので、ぼく自身とてもショックでした。

がんができた場所がすい臓というとても厄介な場所ですので、今は何の症状もなく元気であるものの、ぼくはもうあまり長くは生きることができないと覚悟せざるを得ませんでした。ぼくの周囲でも、同じくらいの歳やもっと若い人たちでも、すい臓がんのために亡くなった人を何人も見ています。もちろん、出来る限りの闘いは試みてみるつもりですが、それも時間の問題かもしれません。

考えてみれば、そんな年に高校を卒業して以来初めて、40年ぶりで佐藤君と再会することができたのは、神様がくださった最後のプレゼントだったのかもしれません。

また、佐藤君の作品の中に実名でぼくのことを書いてもらったのも今年のことです。ぼくがこの世に存在した証が後の世にまで残されることになったので、とても喜んでいたところでした。（中略）

最初は悩んだし、なぜぼくが？　とも思ったけれど、悩んだり考えたりしたら元気になれるのであればいくらでも悩むし考えたりもするのだけれど、今更どうしようもないことなので、悩んだり考えたりすることはやめました。

今は、いつまで生きられるかわからないけれど、生きているうちにやりたいこと、出来ることをやろうと、前向きに考えることにしました。

明日や次回はもうないかもしれないと思い、一日一日を一期一会の気持ちで生きているので、そういう意味では充実した毎日を過ごしています。〉

メールには『夢のまた夢——豊国廟考』と題する小説の原稿が添付されていた。豊島君が高校時代に小説家になりたいと言っていたことを思い出した。メールにはこう記されていた。

〈小説家になりたいと思っていた高校生の時の夢がこんな程度にしか実現できていないことが何とも口惜しいのだけど、敢えて言い訳を言わせてもらえれば、これまでぼくは80歳くらいまでは生きるつもりでいて、60歳で定年を迎えてから創作活動に注力していけば、この『夢のまた夢――豊国廟考』をスタート地点として、多少はまともな作品を創り上げるまでに成長していけるのではないか、と漠然とだけど思っていました。まさか60歳まで生きられるかどうかわからない運命にあったとは、迂闊にもまったく考えてはいませんでした。今となっては時間がもうないので、恥ずかしいけれど、この小説を佐藤君に読んでもらうのが精一杯のぼくができることです。〉

10月後半に豊島君と2度会って、突っ込んだ話をした。『夢のまた夢――豊国廟考』は豊臣秀吉を題材にした面白い歴史小説なので、早速、株式会社K&Kプレスの中村友哉氏（『月刊日本』副編集長）に相談して、年内に刊行する段取りを整えた。出版不況の中で、本書の出版を引き受けてくださった株式会社K&Kプレスの南丘喜八郎氏（『月刊日本』主幹）と中村友哉氏に深く感謝申し上げる。

本書を読んでいただいた方には、豊島氏の筆力とテーマに対して真面目に取り組む姿勢が理解していただけたと思う。

私の若干の感想を記しておきたい。本書を書いた時点で豊島君は、自らの死を意識していなかった。それにもかかわらず、この作品は、豊臣秀吉に仮託して、人生の終点を強く意識した構成になっている。

少し長くなるが、豊島君の世界観が端的に現れている2カ所を引用しておく。

1カ所目は、秀吉の遺書を書こうと決意する場面だ。

この時にわしは初めて、これは尋常な状態ではないということを確信した。

突然に変調を来した身体が、坂を転げ落ちていく球のように、どんどんと加速しながら悪い方向へと向かっていくようにも思われた。

せめてもう一度、松の丸を抱いてみたいと頭の中で思うてみても、わしの身体が言うことを聞かぬのだ。

わしはこのまま、もう女子を抱くこともできずに朽ち果ててしまうのだろうか？

そう思ったら初めて、恐怖心が湧いてきた。猛烈な恐ろしさじゃ。

わしは死ぬるのか？

死とは何ぞ？

今こうして考えているわしの意識はどうなってしまうのか？

わしは生まれて初めて、自分の死のことを考えた。

これまで数多の人間の命を殺《あや》めてきたこのわしが、初めて、自分の死と向き合ったのじゃ。

そうしたら、恐ろしゅうて恐ろしゅうて、わしは自分の死を正視することができずに大きく頭《こうべ》を振った。そして死という現実から逃れようと足掻いた。


（本書87〜88頁）


豊島君が本書を出版するにあたり、原稿を推敲しているが、この箇所をどういう想いで読んでいるかと想像するだけで胸が締めつけられる。

さらに死の直前に秀吉が独白する箇所だ。文学作品の形態を通して豊島君の人生観が示されている。


亡くなる前日のことだった。

この日の秀吉は、珍しく意識がはっきりしていた。澄み渡るような意識の中で、秀吉は一人ものを思った。

わしの命ももうおしまいだ。

もっともっと長生きをして、秀頼の権力基盤を盤石なものにしてから逝《い》にたかったのじゃが、それももはや叶うまい。

そのことだけが、何としても口惜しゅうて心残りでならぬ。

思えば、わしの一生とは、いったい何であったのか？

わしが一生をかけて追い求めてきた天下とは、何だったのだろうか？　それは本当に命をかけて追求すべき価値のあるものだったのであろうか？

わしは富と権力と名誉とを手に入れた。

明日の食べものにも窮していた貧乏百姓だった頃のことを思えば、まさに望外の望みが叶ったと言わねばならぬ。

しかし、これらのわしが得たものは、わしを本当に幸せにしてくれたのだろうか？

ありあまるほどの財宝や強大な権力を前にして、人々は誰もがわしの前に跪《ひざまず》いた。しかしそれは、ただ単に富や権力の分け前を自分たちが欲しかったからではなかったのか？

本心からわしのことを慕い、心の底から喜んでわしの下《もと》で働いてくれた人間が、いったいどれほどいたんだろうか？

天下人であることを離れたら、わしはただ単なる一人の人間でしかない。

わしが偉いのではなく、太閤という地位が偉いだけだったのじゃ。

女子《おなご》にしても、同様よ。

わしが一文なしの貧乏侍であっても、なおわしについてきてくれる女子など、ねねを除いては恐らくおるまい。

世の中は、皆金と権力だけだったのではあるまいか？

秀吉の下に皆の者が集まったのは、秀吉という一人の人間の魅力ではのうて、秀吉が手にした富や力のためだったのではないか？

わしは、いつも孤独だった。何一つ不自由のない身であるのに、実は堪らなく孤独だったのだ。

天下とは何だ？　富とは何ぞ？　権力とは何ものか？

わしはいつも、せっかく得たこの地位や我が命を誰かに奪われるのではないかと恐れ、怯えながら生きてきた。安心して眠りにつけた日などただの一日もなかった。

死ぬる身にはもはや、天下も富も権力も何も関係はない。わしは、豊臣秀吉というただ一人の人間として我が子の幸せを願い、そして死ぬるのみよ。

わしは、天下人である前に、一人の人間であったということを、今つくづく感じている。

わしは多くの人を殺《あや》めてきた。

世の中は、殺《や》るか殺られるかじゃ。自分が生き残り勝ち上がっていくためには、殺られる相手のことを構ってなどはいられない。

わしは人を殺すことを何とも思わなんだ。わしの論理では、負ける人間が愚かであり悪かったのじゃ。

しかし、殺される人間はその人一人だけの命ではなかったということに、わしはついぞ今まで気づかなんだ。

殺される人間には、妻も子もいただろう。年老いた父や母もいたかもしれない。

わしが奪った一人の命は、その人一人だけのものではのうて、その人の周りに生きている多くの人々のささやかな幸せをも同時に奪っていたということに、わしは今まで気がつかずにいた。

わしは、自分の立身出世と引き換えに、どれだけたくさんの人間の命と幸せを奪ってきたのだろうか？　わしの幸せは、殺されていった多くの人間の上に築かれたものだったとも言える。

わしには夢があった。天下を獲るという大きな夢だ。

しかし殺されていった一人一人の人間にもそれぞれに、夢があったはずだ。それは
わしの抱いた大きな夢と比べれば、取るに足らない小さな夢であったかもしれない。

しかし、夢の価値は夢の大きさに比例するものだろうか？

どんな大きさであろうと、夢は夢。夢の大きさによって価値に差などあろうはずがない。

天下を我がものにしたこのわしが死ぬる間際に最後に抱いている夢は、我が息子で
ある秀頼の無病息災ではないか。

わしは天下人豊臣秀吉ではのうて、秀頼の父豊臣秀吉としてこの世を去るのじゃ。

改めて問う。

そこまでして我がものとした天下とは、いったい何だったのだろうか？

敵の命だけではない。わしのために戦い、命を落とした味方の者たちもたくさんおった。

彼らに対して、わしは何をしてやっただろうか？

ああ、人の一生などというものは、堪らなく虚しいものじゃ。

露とおち　露と消えにし　わが身かな　難波のことも　夢のまた夢
（本書98～１０２頁）

この秀吉の独白に私も共感を覚える。人は誰もが夢を持っている。その夢に価値の差はない。すべて権利的に同格なのだ。

豊島君は、小説という形態でこの作品を書いたが、ほんとうは叙事詩で表現したかったのではないかという感想をふと覚えた。

豊島君の問題提起に対して、私はとりあえず、間接話法で答えておきたい。旧約聖書の「コヘレトの言葉」（「伝道の書」）から引用しておく。

　太陽の下に、次のような不幸があって、人間を大きく支配しているのをわたしは見た。ある人に神は富、財宝、名誉を与え、この人の望むところは何ひとつ欠けていなかった。しかし神は、彼がそれを自ら享受することを許されなかったので、他人がそれを得ることになった。これまた空しく、大いに不幸なことだ。

　人が百人の子を持ち、長寿を全うしたとする。

　しかし、長生きしながら、財産に満足もせず

　死んで葬儀もしてもらえなかったなら

　流産の子の方が好運だとわたしは言おう。

その子は空しく生まれ、闇の中に去り
その名は闇に隠される。
太陽の光を見ることも知ることもない。
しかし、その子の方が安らかだ。
たとえ、千年の長寿を二度繰り返したとしても、幸福でなかったなら、何になろう。
すべてのものは同じひとつの所に行くのだから。

人の労苦はすべて口のためだが
それでも食欲は満たされない。
賢者は愚者にまさる益を得ようか。
人生の歩き方を知っていることが
　貧しい人に何かの益となろうか。
欲望が行きすぎるよりも
　目の前に見えているものが良い。
これまた空しく、風を追うようなことだ。

これまでに存在したものは
　すべて、名前を与えられている。

人間とは何ものなのかも知られている。

自分より強いものを訴えることはできない。

言葉が多ければ空しさも増すものだ。

人間にとって、それが何になろう。

短く空しい人生の日々を、影のように過ごす人間にとって、幸福とは何かを誰が知ろう。人間、その一生の後はどうなるのかを教えてくれるものは、太陽の下にはいない。

（「コヘレトの言葉」６章１〜12節）


豊島君の持ち時間に限りがある。

先日、豊島君と会って本書の刊行について打ち合わせた時に、こんなことを言われた。

「佐藤君と話をして、自分の人生を整理したい。それから、浦和高校の後輩たちのために何かしたい」

私は、「僕にできることならば何でもする。ただし、話を聞くだけでなく、君の人生について本にまとめてみないか。家族、職場の同僚や部下、学校の後輩たちに伝えたいことを文字にするとよい」と提案した。浦和高校の後輩で、講談社現代新書の青木肇編集長に相談したところ、編集を引き受けてくださるとのことだ。

豊島君、青木氏との共同作業を最優先したい。

２０１８年11月19日、沖縄県国頭郡恩納村にて

作家・元外務省主任分析官　佐藤優

豊島《とよしま》昭彦《あきひこ》・略歴

昭和三四年（一九五九）八月、東京都渋谷区に生まれる。間もなく埼玉県浦和市に転居し、埼玉大学教育学部附属小学校、同中学校、埼玉県立浦和高等学校を経て、昭和五七年（一九八二）三月、一橋大学法学部を卒業。

高校時代の在籍クラブは雑誌部と写真部、大学時代の在籍クラブは日本語研究会と写真部。

昭和五七年四月に日本債券信用銀行（現あおぞら銀行）に入社。

平成一〇年（一九九八）一二月に経営破綻して国の特別公的管理となる。

平成一五年（二〇〇三）に外資系投資ファンドが株式を取得。純日本企業だと思って入社したはずだったものが突然上司が外国人に変わり、激変した社内環境のなかで悪戦苦闘。

平成二四年（二〇一二）一月にゆうちょ銀行に転職。

全国二万八千台のＡＴＭや二万四千拠点の店頭端末配備に関する管理等を担当。

平成三〇年（二〇一八）七月に日本公認会計士協会に転じて現在に至る。

約三六年間の会社員生活のうちの三分の二以上の期間に亘り、社内のシステム関係の業務に従事。

家族は、妻と一男一女。

趣味は旅行と写真。好きなスポーツはサッカーと野球の観戦。

フルマラソン完走五回（二〇一五年横浜マラソン、二〇一六年大阪マラソン、二〇一七年京都マラソン、水戸黄門漫遊マラソン、二〇一八年北九州マラソン）、自己ベストは四時間四二分二七秒（京都マラソン）。

尊敬する人物は、井伊直弼と勝海舟。

座右の銘は、一期一会。

著書に『井伊直弼と黒船物語』（二〇〇九年）、『湖北残照 歴史篇』（二〇一〇年）、『湖北残照 文化篇』（二〇一二年）（共にサンライズ出版）、
訳書（共訳）に『プロジェクト・マネジャーの人間術』（二〇〇七年アイテック社）がある。

夢のまた夢　小説 豊国廟考

2018年12月25日　第1刷発行
著　者　豊島昭彦
発行者　南丘喜八郎
発行所　K＆Kプレス
〒102－0093
東京都千代田区平河町2－13－1
相原ビル5階
TEL　03（5211）0096
FAX　03（5211）0097
印刷・製本　中央精版印刷
乱丁・落丁はお取り換えします。

ISBN978-4-906674-72-5

湖北残照〈歴史篇〉

●豊島昭彦著

戦国武将と浅井三姉妹

小谷城址、姉川古戦場、長浜城址、石田、佐和山城址、安土城址……。浅井長政と石田三成を中心に織田信長や豊臣秀吉ら武将たちと、お市、茶々・初・江ら、浅井三姉妹ゆかりの史跡を訪ねる。関連地図付きの、臨場感あふれる戦国紀行。

本体一六〇〇円＋税（サンライズ出版）

湖北残照〈文化篇〉

●豊島昭彦著

観音信仰、万葉歌碑、小堀遠州と近江弧篷庵、鉄砲の国友村、浅井能楽資料館、雨森芳洲、旧中山道の宿場町、近江八幡の街並みとヴォーリズ、祭り（曳山まつり、オコナイ）、浜ちりめんなど、湖北の文化を訪ねた旅行記。歴史篇とあわせて湖北地方を満喫できます。

本体一九〇〇〇円＋税（サンライズ出版）

井伊直弼と黒船物語

幕末・黎明の光芒を歩く

●豊島昭彦著

彦根、江戸、京、そして横浜………。開国を決断した幕末の大老・井伊直弼の生涯にそって関連史跡を訪れ、黒船の時代を案内する。『湖北残照〈歴史篇〉』執筆のきっかけとなった紀行であるとともに、その終章「彦根城」からつながる歴史の旅の記録。

本体一六〇〇円+税（サンライズ出版）